O QUE VOCÊ ESTÁ ENFRENTANDO

SIGRID NUNEZ

O QUE VOCÊ ESTÁ ENFRENTANDO

ROMANCE

TRADUÇÃO
Carla Fortino

6.9 instante

PRIMEIRA PARTE

A plenitude do amor ao próximo é simplesmente ser capaz de perguntar: "O que você está enfrentando?".

Simone Weil

Fui assistir à palestra de um homem. O evento ocorreu num *campus* universitário. O homem era professor, mas lecionava em uma faculdade diferente, em outra parte do país. Era um escritor conhecido que, pouco antes, naquele mesmo ano, havia recebido um prêmio internacional. Ainda que o evento fosse gratuito e aberto ao público, apenas metade do auditório estava ocupada. Eu mesma não deveria estar na plateia, não deveria sequer estar na cidade, não fosse por uma coincidência. Uma amiga estava internada em um hospital local especializado no tratamento de um tipo específico de câncer. Fui visitá-la, uma velha amiga muito querida que não encontrava havia anos e a quem, por causa da gravidade da doença, talvez não revisse.

Era a terceira semana de setembro de 2017. Eu reservara um quarto pelo Airbnb. A anfitriã era uma bibliotecária aposentada, viúva. Ao analisar seu perfil, soube que também tinha quatro filhos, seis netos, e que seus hobbies eram cozinhar e ir ao teatro. Morava no último andar de um condomínio pequeno que ficava a pouco mais de três quilômetros do hospital. O apartamento era limpo e arrumado e recendia suavemente a cominho. O quarto de hóspedes era decorado do jeito que a maioria das pessoas parece concordar que faz alguém se sentir em casa: tapetes felpudos, a cama repleta de travesseiros e um edredom fofo, um vaso de cerâmica com flores secas sobre uma mesinha e, na mesa de cabeceira, uma pilha de livros policiais. O tipo de lugar em que eu nunca me sentiria em casa. O que a maioria das pessoas chama de aconchegante — agradável, *hygge* —, outros podem considerar sufocante. Um gato fora citado no perfil da anfitriã, mas não vi nem sinal dele. Somente mais tarde, na hora de ir embora, soube que, entre a reserva e a estada, o gato havia morrido. Ela deu a notícia de maneira brusca e logo mudou de assunto; nem pude perguntar sobre o ocorrido — o que eu faria apenas porque alguma coisa no jeito dela me motivara a achar que queria que eu perguntasse. E passou pela minha cabeça que talvez não tenha sido emoção o que a fez mudar de assunto, mas a preocupação com uma futura reclamação minha. *Anfitriã deprimida só falava no gato morto.* O tipo de comentário que se lê no site o tempo todo.

Na cozinha, enquanto eu tomava café e me servia da bandeja de lanches que a anfitriã havia preparado para mim (ao mesmo tempo que ela, da maneira que o Airbnb recomendava aos anfitriões, se afastava), estudei a cortiça na parede com os panfletos de atrações locais para os hóspedes. Exposição de gravuras japonesas, feira de artesanato, companhia de dança canadense visitante, um festival de jazz e outro de cultura caribenha, a programação do ginásio de esportes, uma leitura de poesia em uma livraria com a presença do autor. E, naquela mesma noite, às dezenove e trinta, a palestra do professor.

Na fotografia, ele parece sisudo — não, "sisudo" é sisudo demais. Vamos chamá-lo de firme. Aquela aparência que muitos homens brancos mais velhos de uma certa idade ostentam: cabelo todo branco, nariz adunco, lábios finos, olhar penetrante. Como aves de rapina. Longe de ser convidativa. Uma imagem que está longe de demonstrar: *Venha me ouvir falar, por favor. Adoraria vê-lo por lá!* Mais como: *Não se engane, eu sei muito mais que você. Você deveria me escutar. Talvez assim você venha a saber do que se trata.*

Uma mulher o apresenta ao público. A chefe do departamento que o convidara para palestrar. É um tipo familiar: a acadêmica glamorosa, a *vamp* intelectual. Alguém que se esforça para que saibam que ela, ainda que inteligente e bem--educada, ainda que feminista e em posição de poder, não é desleixada, não é uma *nerd* chata nem uma megera assexuada. E daí que passou de uma certa idade? O decote da camisa, a altura do salto, a boca escarlate e o cabelo tingido (uma vez, ouvi um colorista de salão dizer: Acho que a capacidade de pensar de uma mulher fica comprometida se ela tiver cabelos grisalhos), tudo isso diz: Ainda sou comível. A magreza que quase certamente significa sentir fome boa parte do tempo todos os dias. Passa pela cabeça das mulheres com uma triste regularidade que, *en France*, os intelectuais podem ser um símbolo sexual. Mesmo que o símbolo, muitas vezes, possa representar algo constrangedor (Bernard-Henri Lévy e suas camisas desabotoadas). Essas mulheres guardam lembranças de terem sido atormentadas na infância não por conta de sua aparência, mas do seu cérebro. "Os homens não dão em cima de garotas que usam óculos" queria dizer, na verdade, garotas inteligentes, estudiosas, que participam de competições de matemática e são *geeks* da ciência. Os tempos mudaram. Hoje, quem não adora óculos? Hoje, é muito comum ouvir um homem se gabar da atração por mulheres inteligentes. Ou, como um jovem ator admitiu recentemente: Sempre achei que as mulheres mais atraentes eram aquelas com grandes cérebros. Ao que, confesso, revirei os olhos tão fortemente que tive que sacudir a cabeça para eles voltarem ao lugar.

Não pode ser verdade, ou pode?, a história sobre Toscanini perder a paciência durante um ensaio com uma soprano, agarrando os seios dela e gritando: Se ao menos fossem cérebros!

Mais tarde veio "Homens não dão em cima de garotas com bunda grande".

Posso vê-los, esse homem e essa mulher, no jantar do departamento que, sem dúvida, ocorrerá depois do evento e que, por ele ser quem é, será um jantar requintado, num dos restaurantes mais caros da região, no qual os dois estarão sentados próximos. E, é claro, a mulher terá a expectativa de uma conversa profunda — nada de papo-furado —, talvez até um flertezinho, mas isso não será tão fácil, uma vez que a atenção dele estará voltada para a outra extremidade da mesa, para a estudante de graduação designada para ser sua cicerone, responsável por transportá-lo de um lugar a outro, inclusive por levá-lo ao hotel após o jantar dessa noite, e que, depois de apenas uma taça de vinho, corresponderá aos frequentes olhares dele com outros cada vez mais atrevidos. Pode muito bem ser verdade. Pesquisei na internet. Mas, de acordo com alguns relatos, Toscanini não agarrou os seios da soprano, apenas apontou para eles.

Ao longo da enumeração obrigatória das realizações do orador, o homem baixou os olhos e assumiu uma expressão de desconforto, uma simulação de modéstia a qual duvido que engane alguém.

Se as notas dependessem mais de quanto absorvi das aulas do que da leitura dos textos, eu teria me dado mal na escola. Não sou de perder a concentração quando leio ou ouço uma pessoa falar, mas palestras de qualquer tipo sempre foram um problema para mim (e o pior são os autores que leem a própria obra). Minha mente começa a vagar quase no momento em que o alto-falante é ligado. Além disso, naquela noite em particular, eu estava distraída de um jeito fora do normal. Havia passado a tarde toda no hospital com minha amiga. Estava exausta de vê-la sofrer e de tentar não deixar que meu desânimo com sua condição levasse a melhor e se mostrasse evidente para ela. Lidar com doenças: também nunca fui boa nisso.

Então minha mente vagou. Vagou desde o início. Perdi o fio da meada várias vezes. Mas isso pouco importou, porque a apresentação do homem se baseou em um longo artigo que escrevera para uma revista, e eu o tinha lido na época da publicação. Eu tinha lido, assim como todo mundo que eu conhecia. Minha amiga do hospital tinha lido. Podia apostar que a maioria do público presente também. Ocorreu-me que pelo menos alguns tivessem vindo porque queriam fazer perguntas, participar de uma discussão sobre o que o homem tinha a dizer, pois, graças ao artigo, já estavam familiarizados com o conteúdo. Mas o professor tomou a decisão incomum de não aceitar perguntas. Não haveria discussão naquela noite. Só viríamos a saber disso, no entanto, depois que ele concluísse a palestra.

Estava tudo acabado, disse ele. Citou outro escritor, traduzindo do francês: Antes do homem, a floresta; depois dele, o deserto. Tudo deve ser feito para prevenir catástrofes, sejam ações, sejam sacrifícios, agora estava claro que faltara à humanidade a vontade, a vontade coletiva, para realizá-los. Para qualquer alienígena inteligente, disse ele, parecíamos estar tomados por um desejo de morte.

Estava acabado, repetiu. Chega da fé e da consolação que amparam gerações e gerações, o conhecimento de que, embora nosso próprio tempo individual na Terra deva acabar, aquilo que amamos e aquilo que tem significado para nós continuarão, o mundo do qual fazemos parte suportará — esse tempo havia acabado, disse ele. Nosso mundo e nossa civilização não suportarão. Devemos viver e morrer com essa nova constatação.

Nosso mundo e nossa civilização não suportarão, disse o homem, porque não sobreviverão às muitas forças que nós mesmos direcionamos a eles. Nós, nosso pior inimigo, nos acomodamos feito patinhos, permitindo que armas capazes de matar a todos, muitas vezes, não só fossem criadas, mas também caíssem nas mãos de egocêntricos, niilistas, homens sem empatia, sem consciência. Entre a nossa falha em controlar a disseminação de armas de destruição em massa e a nossa falha em evitar dar poder àqueles para quem o uso dessas não era apenas imaginável, mas talvez até mesmo uma tentação irresistível, a guerra apocalíptica estava se tornando cada vez mais provável...

Quando morrermos, disse o homem, ainda que seja bonito pensar assim, não seremos substituídos por uma raça de macacos nobres e inteligentes. Talvez seja reconfortante imaginar que, com os humanos extintos, o planeta poderá ter uma chance. O reino animal estava, infelizmente, condenado, disse ele. Embora nenhum mal possa vir deles, os macacos e todas as outras criaturas estavam condenados conosco — aqueles cuja atividade humana já não tenha aniquilado, por assim dizer.

Mas vamos supor que não haja ameaça nuclear, disse o homem. Vamos supor que, por algum milagre, todo o arsenal nuclear mundial seja pulverizado durante a noite. Não seríamos ainda confrontados com os perigos resultantes de gerações de estupidez humana, falta de visão e capacidade para a autoilusão?

Os produtores de combustíveis fósseis, disse o homem. Quantos eram, quantos éramos *nós?* É inconcebível que nós, povo livre, cidadãos de uma democracia, não tenhamos conseguido detê-los, não tenhamos conseguido enfrentar esses homens e seus facilitadores políticos que trabalham tão assiduamente na negação da mudança climática. E pensar que essas mesmas pessoas já haviam obtido bilhões em lucro, tornando-se algumas das mais ricas que já existiram. Mas, quando a nação mais poderosa do mundo tomou o seu lado, liderando a vanguarda da negação, que esperança o planeta Terra teria. Pensar que as massas de refugiados que fogem da escassez de alimentos e de água potável causada pelo desastre ecológico global encontrarão compaixão em qualquer lugar a que seu desespero as leve é um absurdo, disse o professor. Ao contrário, logo depararemos com a desumanidade do homem para com o homem em uma escala jamais vista.

Aquele era um bom orador. Às vezes, olhava um iPad posicionado no púlpito à sua frente, mas, em vez de ler, falava como se tivesse memorizado cada linha. Era como se fosse um ator. Um bom ator. Ele era muito bom. Não hesitou nem uma vez, nem tropeçou nas palavras, tampouco discursava como se tivesse ensaiado. Um dom. Falava com autoridade e era convincente, claramente seguro de tudo o que dizia. Como no artigo que li, no qual a palestra se baseava, fundamentou suas declarações em referências numerosas. Mas também havia algo nele que atestava a despreocupação em ser convincente. Não era questão de opinião o que dizia, era fato irrefutável. Não fazia diferença se acreditavam nele ou não. Sendo esse o caso, parecia-me estranho, bem estranho, ele proferir aquela palestra. Eu achava que, tendo em vista que ele estava se dirigindo a pessoas de carne e osso, pessoas que vieram ouvi-lo, ele adotaria um tom diferente daquele de que me lembrava do artigo da revista. Achei que, nesse momento, haveria algumas conclusões, ainda que não otimistas, mas pelo menos não totalmente destrutivas; um aceno, ao menos, para algum caminho possível a seguir; um grão, mesmo que apenas um grão, de esperança. Como: Agora que tenho a atenção de vocês, agora que os assustei profundamente, vamos falar sobre o que pode ser feito. Do contrário, por que ministrar a palestra? Era isso, tenho certeza, que as outras pessoas na plateia também estavam sentindo.

Ciberterrorismo. Bioterrorismo. A inevitável próxima grande pandemia de gripe, para a qual estamos, inevitavelmente, despreparados. Infecções mortais incuráveis causadas pelo uso indiscriminado de antibióticos. A ascensão de regimes de extrema direita em todo o mundo. A normalização da propaganda e da mentira como estratégia política e base da política governamental. A incapacidade de derrotar o jihadismo global. Ameaças à vida e à liberdade — a qualquer coisa digna do nome civilização — florescem, disse o homem. Estão em falta, por outro lado, meios de combatê-las...

E quem acreditaria que a concentração de um poder tão vasto nas mãos de poucas empresas de tecnologia — sem mencionar o sistema de vigilância em massa do qual seu domínio e seus lucros dependiam — poderia ser o melhor para o futuro da humanidade? Quem duvidaria seriamente que as ferramentas dessas empresas poderiam, um dia, se tornar os meios mais efetivos para os fins mais inescrupulosos? Ainda assim, quão indefesos estávamos diante de nossos deuses e mestres da tecnologia?, disse o homem. Era uma boa pergunta, disse: Quantos opioides mais o Vale do Silício poderia inventar até que tudo terminasse? Como seria a vida quando o sistema assegurasse que o indivíduo não teria nem mesmo a opção de se recusar a ser seguido a todo lugar e insultado e cutucado como um animal enjaulado? Mais uma vez, como um suposto amante da liberdade permitiu que isso ocorresse? Por que as pessoas não se sentiram indignadas com a ideia de capitalismo de vigilância? Não se assustaram com as *big techs*, as grandes empresas de tecnologia da informação? Algum dia, um alienígena, ao estudar nosso colapso, poderá muito bem concluir: A liberdade foi muito para eles. Preferiram ser escravos.

Alguém que somente lesse as palavras do homem, em vez de ouvi-lo e vê-lo falar, provavelmente o teria imaginado de maneira bem diferente daquela com que ele se mostrava naquela noite. Devido às palavras, ao significado, aos *fatos* terríveis, alguém provavelmente imaginaria algum tipo de emoção. Não essas frases calmas, cadenciadas. Não essa máscara imparcial. Apenas uma vez notei nele um lampejo de sentimento: quando falou dos animais, houve uma discreta hesitação em sua voz. Dos humanos, ele parecia não sentir pena. De vez em quando, conforme falava, olhava para além do púlpito e examinava a plateia com seu olhar de rapina. Mais tarde, pensei ter compreendido por que ele não queria responder a perguntas. Quem nunca participou de uma sessão de perguntas e respostas em que pelo menos uma pessoa fez uma observação descuidada ou levantou qualquer questão irrelevante que só demonstrava não ter prestado atenção em nada do que o conferencista havia dito? Posso perceber agora que, para esse palestrante, algo assim seria insuportável. Talvez estivesse com medo de perder a paciência. Porque, sem dúvida, ela estava ali: por trás da frieza, do controle, era possível senti-la. Uma emoção profunda e vulcânica. A qual, se ele se permitisse expressá-la, jorraria do topo de sua cabeça e nos queimaria até nos reduzir a cinzas.

Havia também algo de estranho, até mesmo de bizarro, no comportamento do público, pensei. Tão dóceis diante daquele retrato sombrio do futuro, e de um futuro ainda mais ameaçador reservado a seus filhos. Uma atenção tão calma e educada, como se o palestrante não estivesse descrevendo um tempo em que, em uma reversão terrível da ordem natural, primeiro os mais jovens invejariam os mais velhos — um estágio já em progresso, de acordo com ele —, depois os vivos invejariam os mortos.

Que coisa para aplaudir, mas foi o que fizemos, e, imagino, teria sido mais estranho ainda se não tivéssemos batido palmas — porém agora estou me adiantando.

Antes dos aplausos, antes do término da palestra, o homem trouxe algo que verdadeiramente provocou uma ondulação naquela superfície lisa. Um burburinho percorreu a plateia (o qual o homem ignorou), as pessoas se remexeram nas poltronas, e percebi poucos movimentos de cabeça e, de uma fileira atrás de mim, a risada nervosa de uma mulher.

Estava acabado, disse ele. Era muito tarde, hesitamos por um tempo excessivamente longo. Nossa sociedade já tinha se tornado demasiado fragmentada e disfuncional para consertarmos, a tempo, os erros calamitosos que cometemos. E, de todo jeito, a atenção das pessoas continuava indefinível. Nem estações seguidas de eventos climáticos extremos, nem o risco de extinção de um milhão de espécies animais em todo o mundo haviam elevado a destruição do meio ambiente para o topo das preocupações do país. E como é triste, disse ele, ver tantos entre as classes mais criativas e instruídas, aqueles dos quais podíamos ter esperado soluções inventivas, adotando, em vez disso, terapias pessoais e práticas pseudorreligiosas que promovem desapego, foco no momento, aceitação do ambiente, serenidade diante das preocupações mundanas. (*Este mundo não passa de uma sombra, é uma carcaça, é um nada, este mundo não é real, não confunda esta alucinação com o mundo real.*) O autocuidado, o alívio das ansiedades diárias, o esquivar-se do estresse: esses se tornaram alguns dos principais objetivos da sociedade. A moda da atenção plena era somente outra distração, disse ele. *É óbvio* que deveríamos estar estressados, disse ele. Deveríamos estar completamente *tomados* pelo pavor. A meditação consciente talvez ajude alguém a enfrentar um afogamento com serenidade, mas não fará absolutamente nada para endireitar o *Titanic*, disse ele. Não são esforços individuais que conquistam a paz interior, não é uma atitude compassiva em relação aos outros que pode ocasionar uma ação preventiva oportuna, mas, sim, uma obsessão coletiva, fanática e exagerada com a destruição iminente.

Era inútil, disse o homem, negar que um sofrimento de imensa magnitude estava por vir ou que haveria um jeito de fugir dele.

Então, como deveríamos viver?

Algo que deveríamos começar a nos perguntar era se deveríamos ou não ter filhos.

(Aqui se dá a descompostura que mencionei anteriormente: burburinhos e movimentação na plateia, aquela risada feminina nervosa. Além disso, essa parte era nova. O assunto dos filhos não havia sido levantado no artigo da revista.)

Para que fique claro, ele não estava dizendo que toda grávida deveria cogitar fazer um aborto. É claro que não era esse seu ponto. O que ele dizia era que talvez a ideia de planejar uma família da maneira como as pessoas fizeram por gerações tivesse de ser repensada. Que talvez fosse um erro trazer seres humanos a um mundo com a possibilidade tão grande de se tornar, durante o período em que vivessem, um lugar sombrio e aterrorizante ou até mesmo totalmente inabitável. Estava perguntando se ir adiante cegamente e comportar-se como se houvesse uma pequena ou nenhuma chance poderia não ser egoísta e talvez até mesmo imoral e cruel.

E, afinal, disse ele, já não havia incontáveis crianças no mundo desesperadas por proteção das ameaças já existentes? Não havia milhões e milhões de pessoas sofrendo crises humanitárias que milhões e milhões de pessoas simplesmente preferiam esquecer? Por que não voltamos nossa atenção para a abundante quantidade de pessoas, entre nós, que sofrem? E aí talvez esteja nossa última chance para nos redimir, o homem levantou a voz para dizer. O único curso moral e significativo para uma civilização encarar o próprio fim: aprender como pedir perdão e expiar, em alguma pequena medida, o dano devastador que causamos à nossa linhagem humana e às outras criaturas e à nossa bela Terra. Amar e perdoar uns aos outros da melhor maneira que pudermos. E aprender como dizer adeus.

O homem pegou o iPad no púlpito e caminhou rapidamente para os bastidores. Era possível perceber, com base no ritmo das palmas, que as pessoas estavam confusas. Era só isso? Ele ia voltar? Mas foi a mulher que o havia apresentado quem reapareceu no palco, agradeceu a todos pela presença e desejou boa-noite.

E então estávamos em pé nos movendo arrebanhados para fora do auditório, transbordando do prédio, para o refrescante ar noturno. Apesar de estar distante dos anos mais quentes registrados, a temperatura agora parecia perfeita para aquele mês naquela parte do mundo.

Preciso de um drinque, disse uma voz perto de mim. Para a qual retrucaram: Eu também!

Havia uma aura subjugada ao redor da multidão que partia. Algumas pessoas pareciam atordoadas e estavam caladas. Outras comentavam sobre a ausência de perguntas e respostas. Isso foi tão arrogante, disse uma. Talvez ele estivesse ofendido porque o auditório não estava cheio, disse outra.

Ouvi: Que chatice.

E: Foi ideia *sua* vir aqui, não minha.

Um idoso no centro de um grupo de outras pessoas idosas fazia todos rirem. Ei, acabou! *It's over, it's over, it's ohhhh--ver*[*]. Achei que Roy Orbison estivesse aqui.

---

[*] Refrão da música "It's Over" [Acabou], do cantor e compositor norte-americano Roy Orbison (1936-1988). [N. T.]

Ouvi: Melodramático... Irresponsável.

E: Completamente certo, em cada palavra.

E (furiosamente): Você pode, por favor, me dizer qual era a porra do *objetivo* dele?

Apressei o passo, deixando a multidão para trás, porém, andando quase ao meu lado, havia um homem que reconheci da plateia. Usava terno escuro, tênis de corrida e boné de beisebol. Estava sozinho e caminhava assobiando, dentre todas as músicas, "My Favorite Things". *Preciso de um drinque.* Para ser honesta, eu pensava a mesma coisa antes de ouvir alguém manifestar aquilo. Queria um drinque antes de voltar para o apartamento, antes de ir para cama. Decidi voltar andando do *campus*, assim como havia caminhado até lá (era pouco mais de um quilômetro), e sabia que, ao longo do percurso, passaria por vários lugares onde um drinque — uma taça de vinho era o que eu desejava — poderia ser tomado. Eu era uma estranha naquela cidade e não tinha segurança de onde, se é que havia algum lugar, ficaria confortável para tomar um drinque sozinha.

Cada local que eu olhava estava lotado ou barulhento demais ou parecia, por alguma razão, pouco convidativo. Um sentimento de solidão e decepção tomou conta de mim. Era um sentimento familiar. Lembrei-me de uma conhecida que passara a carregar a própria garrafinha. Estava prestes a desistir quando me ocorreu um café na esquina da rua da minha anfitriã que estava vazio quando passara por lá mais cedo e onde, eu havia reparado, se servia vinho.

Agora, é claro, o café não estava vazio. Mas, da rua, pude ver que, embora todas as mesas parecessem ocupadas, havia lugar no balcão.

Entrei e me sentei. Tive um momento de pânico porque o bartender, um jovem com o tipo de tatuagens e barba que me fez pensar em puxar conversa, me ignorou, mesmo que não estivesse atendendo a mais ninguém. Peguei o celular, aquele apoio fiel, e fiquei alguns minutos mexendo nele.

Raindrops on roses and whiskers on kittens. *

Enfim, o bartender se aproximou (portanto eu não tinha me tornado transparente) e anotou meu pedido. Eu, finalmente, estava tomando meu drinque. Vinho tinto: uma das *minhas* coisas favoritas. Seria mais fácil, com uma taça, organizar meus pensamentos, após um dia longo e difícil que trouxera tantas coisas para pensar. No entanto, imediatamente me distraí com uma conversa que estava em curso na mesa atrás de mim. Duas pessoas que, a menos que me virasse, eu não podia ver. Não me virei. Mas logo compreendi o assunto principal da conversa.

Pai e filha. A mãe estava morta. Tinha morrido havia um ano, após longa batalha contra uma doença. Era uma família judaica. O momento de depositar a pedra tumular havia chegado. A filha viera de algum lugar fora da cidade para o ato. O pai mantinha a voz baixa, pouco mais alta que um murmúrio. A filha falava cada vez mais alto — em parte porque, por algum motivo, o bartender continuava aumentando o volume da música — a ponto de quase gritar.

Foi bastante difícil para sua mãe.

Eu sei, pai.

Tudo o que ela passou.

Eu sei. Eu estava lá.

Ela foi valente, apesar de tudo. Mas ninguém consegue ser assim valente.

Eu sei, pai, eu estava lá. Estava lá o tempo todo. Na verdade, isso é algo que eu esperava conversar com você. Você lembra como foi, pai. Era eu que tomava conta de tudo. Você estava tão preocupado com a mamãe, e ela tão preocupada com você. Entendo como foi difícil para os dois.

Lembro como foi difícil para ela.

Eu esperava falar disso com você, pai. Eu estava enfrentando tanta coisa — ninguém realmente sabia. Você e mamãe podiam contar um com o outro, e vocês dois comigo.

---

* "Pingos de chuva em rosas e bigodes em gatinhos", primeiro verso da canção "My Favorite Things" [Minhas coisas favoritas], do filme *A noviça rebelde*. [N. T.]

Mas eu não tinha com quem contar. Era como se minhas próprias necessidades tivessem de ser deixadas de lado, e nunca lidamos com essa parte. Meu terapeuta diz que é por isso que estou enfrentando tantos problemas.

(Inaudível.)

Eu sei, pai. Mas o que eu quero dizer é que foi difícil para mim também, e continua sendo, e preciso que isso seja reconhecido. Por todo esse tempo, e ainda continua assim, impactando minha vida todos os dias. Meu terapeuta diz que é preciso lidar com isso.

Achei que tudo correu bem na cerimônia. O que achou dela?

Quando cheguei ao apartamento da minha anfitriã, encontrei-a à mesa da cozinha com uma caneca de chá.

Eu vi você, disse ela, surpreendendo-me.

Na palestra, ela completou. Vi você lá.

Ah, eu disse. Eu não a vi.

Você estava mais atrás, disse ela. Eu me sentei bem na frente. Estava com uma amiga, e ela prefere se sentar perto do palco. Vi você saindo. Parou para comer alguma coisa?

Sim, menti, sentindo-me ridícula. Será que fiz isso porque tinha vergonha de dizer que parei para tomar um drinque? Na verdade, não consegui comer nada desde que deixara o hospital naquele dia por causa das coisas que tinha visto — e dos odores que tinha sentido — lá.

Ela me ofereceu chá, mas recusei.

Não sei você, retomou ela, mas não gostei daquele homem. Foi minha amiga que falou que deveríamos ouvi-lo, porque é fã dele. Honestamente, se não estivéssemos sentadas debaixo do nariz dele, acho que eu teria me levantado e ido embora. Digo, sei que é um grande intelectual e tudo o mais, com coisas significativas a dizer, mas também sei que o tom que adotamos é importante, e o tom dele me incomodou de verdade. E não estou dizendo que ele não estava certo a respeito de como as coisas são ruins — temo pelo futuro dos meus netos, acredite —, mas falar daquele

20 | SIGRID NUNEZ

jeito, que não há esperança, não sei, isso me parece errado. Não acho que qualquer pessoa tenha o direito de afirmar às outras que não há esperança. Não se pode simplesmente acordar e dizer às pessoas que não há esperança! Não faz sentido. Ele pensa que pode acabar com a esperança de alguém e daí esperar que as pessoas — o que foi mesmo que ele disse? — amem ou tomem conta umas das outras? Como é que isso vai acontecer.

Concordei que esse era um bom argumento.

E você consegue imaginar como seria se, indagou ela, as pessoas de fato se tornassem tão sem esperança em relação à vida que parassem de ter filhos? Soa como o mote de um romance distópico. Na verdade, tenho certeza de ter lido isso em um livro. Ou talvez o Estado tenha determinado que ficar grávida é um crime. Não lembro. De todo jeito, não acredito que ele esteja falando sério. Dizer às pessoas que parem de ter filhos. Quem é ele, afinal?

Ele era meu ex. Mas não lhe disse isso.

E você reparou, disse ela, que, mesmo sendo um evento em um *campus*, quase não havia jovens?

Eu tinha reparado.

Acho que não é para eles, disse ela.

Bom, não posso dizer que não tenha sido um jeito interessante de passar a noite, concluiu. O que achou?

Concordei que tinha sido um jeito interessante de passar a noite.

Tem certeza de que não quer um chá? Alguma outra coisa? Uma taça de vinho?

Não, está tudo ótimo, obrigada, respondi.

Antes de ir para o quarto, contei a ela sobre o homem que saiu da palestra assobiando "My Favorite Things".

Ah, isso é hilário, disse ela. A anfitriã tinha uma risada aguda, estridente. Jamais gostei daquela música melosa, mas conheço a letra.

E então, em mais um daqueles momentos singulares do dia, me vi em pé na cozinha de uma casa estranha ouvindo uma mulher que mal conhecia cantar a letra inteira de "My Favorite Things".

— • —

Deitada na cama, já prestes a apagar a luz, peguei o livro no topo da pilha de romances policiais disponíveis na mesa de cabeceira. *Um* thriller *psicológico na tradição de Highsmith e Simenon ambientado no sórdido mundo* noir *da Nova York dos anos 1970.* Um homem planeja matar a esposa. Não estão casados há muito tempo, e, exceto por um breve período de atração sexual após se conhecerem, ele nunca se importou com ela. De maneira bastante verossímil, visto que ela é má e egoísta e o trata com desprezo, o homem passou a odiá-la. A misoginia sempre foi profunda nesse homem, graças, em parte, à mãe, que gostava de bater nele quando pequeno. Parece que ele nunca fez sexo com uma mulher — desde a prostituta que visita na cidade até sua legítima esposa — sem sentir uma vergonha intensa. Desde a infância, com a própria mãe, sempre fantasiou o assassinato desta ou daquela mulher em particular. Em sua mente, chama essas mulheres de "candidatas". Ao estrangulamento, por assim dizer.

O homem combinou de levar a esposa para uma segunda lua de mel no resort caribenho onde passaram a primeira. Escolheu o resort para ser a cena do crime porque calcula que será fácil simular uma invasão ao quarto pela varanda. O "ladrão" encontrará a esposa sozinha e acabará estrangulando-a. O homem planeja cada detalhe com cuidado escrupuloso, então cruza os braços e espera o dia da partida, marcado para dali a alguns meses. Enquanto isso, contudo, nota certas mudanças no comportamento da esposa que não sabe ao certo como interpretar. Ele se convence de que ela está escondendo algo, algo que pode frustrar seu plano. No fim das contas, o segredo da esposa é ter engravidado. O homem descobre isso no mesmo momento em que é informado que ela se submeteu a um aborto. Católica — ainda que não praticante —, a esposa fica obcecada pela ideia de ir para o Inferno. O homem mal consegue acreditar em sua sorte. Não será mais necessário viajar para Aruba. Não será mais necessário simular uma invasão. E, o melhor de tudo, não será mais necessário esperar. A esposa acabou de lhe entregar uma razão perfeitamente convincente de que é capaz de tirar a própria vida. Até a ouviu contar chorando, para a melhor amiga, a respeito do medo de ser, aos olhos da Igreja, culpada de assassinato. E assim o homem passa a trabalhar nos detalhes de seu novo plano.

Antes, porém, que o assassinato possa ser praticado, a esposa oferece outra surpresa: foge com o namorado que o homem jamais suspeitou existir. E, com isso, ele se transforma em um animal enfurecido. Dirige até a casa da prostituta e a estrangula, depois estrangula o cafetão, que, por acaso, via televisão no quarto ao lado. Mais tarde, pensa que, embora matar a mulher lhe tenha despertado o impulso e a libertação que vinha buscando, foi o ato de matar outro homem que o fez sentir-se orgulhoso. Depois, ainda reflete sobre os sentimentos de matar a mulher: Não tinha nada contra ela. Não achava que merecesse morrer. Tampouco se sentiu mal por ela. Era uma prostituta, e prostitutas são mortas o tempo todo. Era para uma dessas coisas que as prostitutas serviam.

Termina assim a parte um.

Patricia Highsmith, certa vez, admitiu que gostava de criminosos por considerar esse tipo de pessoa extremamente interessante e até mesmo admirável, graças à vitalidade, à liberdade de espírito e à sua recusa em baixar a cabeça para qualquer um. Mas os criminosos, na maioria das obras de ficção policial, não são assim. Especialmente assassinos, e, mais especialmente ainda, os assassinos em série, não são assim. Este aqui tem a personalidade unidimensional familiar do psicopata violento. É bruto e sádico, desprovido de consciência e de empatia. O que o torna, de certa maneira, um pouco mais digno de simpatia é o fato de ter um anseio pelo autoaperfeiçoamento. Ainda na casa dos vinte anos, ele é tomado pela ideia de que, de algum modo, deixou de aproveitar uma parte bastante significativa da vida, a qual ele relaciona ao entendimento e à apreciação das artes. O romance tem início durante um belo entardecer de verão, com o homem passeando sozinho no reluzente novo complexo do Lincoln Center. Vê arco-íris nos jatos de água na fonte central da praça e observa com inveja as pessoas seguirem em direção às várias apresentações, algo que ele não só nunca fez, como tem dificuldade de se imaginar fazendo. Ele pode estar planejando um crime bárbaro, mas também está fantasiando sobre "adquirir mais cultura". Mais tarde, o mesmo anseio o impele a infiltrar-se nas aulas da Universidade Colúmbia. Adquirir mais cultura, ler grandes livros, aprender sobre música e arte — é assim que espera passar o tempo após eliminar o uxoricídio de seu sistema. Esse aspecto do caráter do assassino não me fez apreciá-lo, mas me levou a sentir pena dele. Tive a sensação de que, tanto quanto seus pecados, sua virtude desempenhou um papel importante em sua humilhação.

Eu estava perfeitamente feliz, no entanto, em não descobrir isso. Estava feliz em abandonar a história, depois de trinta e tantas páginas, no final da parte um. Não tinha curiosidade em saber como os assassinatos seriam solucionados. Não importa para mim como um mistério termina. Na verdade, eu me dei conta de que, depois de tantas páginas com tantas voltas e reviravoltas, o desfecho, em geral, tende a ser decepcionante, com o cara mau sendo preso e, por fim, levado à justiça, a parte invariavelmente menos excitante da trama.

Gosto da história da moradora de uma casa de repouso que tinha um livro, um romance policial, que ela era capaz de ler repetidas vezes como se fosse novo. No momento em que terminasse, teria esquecido o que viera antes, e assim que recomeçasse a leitura esqueceria como tudo acabara.

— • —

Minha anfitriã sofre de deficiência auditiva. Não me ouviu chegar à sala de estar, embora eu não tenha tentado ser silenciosa. Era a manhã seguinte, eu estava pronta para sair e fui agradecê-la e me despedir. Não me viu porque estava à janela, olhando para fora. Quando falei, ela se virou soltando um suspiro, a mão no coração. Acontece a algumas mulheres, após certa idade, de algo infantil voltar ao rosto. A pele torna-se cheia e flácida ao mesmo tempo, e pode-se ver como se parecia quando bebê. Então a mulher olhou para mim assim: como um bebê assustado. Não sei dizer quanto essa impressão se intensificou graças ao fato de ela estar chorando. Claro que estava bem, disse ela, sibilando uma risada. Não havia nada errado, disse, nada mesmo. Eu só estava, bem, você sabe. Eu só estava pensando.

— • —

Imagine minha surpresa (escreveu ele) ao ver você na plateia ontem à noite. Você se mudou? Não faço ideia. Imagino que, se quisesse falar comigo, teria me procurado depois. Imagino que, se quisesse ser vista, não teria se sentado tão no fundo. De todo modo, quero que saiba que a vi e lhe agradeço a presença. Pensei em entrar em contato com você depois do jantar, mas terminou tarde da noite. Pensei que, se estivesse disposta a acordar bem cedo, talvez pudéssemos tomar café da manhã no meu hotel antes da minha partida. Depois me ocorreu que a ideia de tomar café da manhã comigo poderia apavorá-la. Bem, agora é tarde. Estou no aeroporto. Mais uma vez, obrigado por ter comparecido. Fez diferença para mim, lá em cima, saber que você estava ouvindo. Espero que esteja tudo bem e que não se importe com o envio desta mensagem. Eu me preocupo com o fato de isso lhe trazer sofrimento, e, ainda assim, me pareceu o certo a fazer. Mas, nem é preciso dizer, por favor, não se sinta obrigada a responder.

— • —

O que me trouxe sofrimento foi tê-lo visto tão mais velho. Não que ele já tenha sido bonito, mas mesmo assim. A única coisa mais difícil do que ver a si mesmo envelhecer é ver pessoas que já amou envelhecerem.

— • —

Eu só estava pensando, disse ela.
Flaubert disse: Pensar é sofrer.
Seria o equivalente ao Perceber é sofrer de Aristóteles?
Sempre faça o público sofrer o máximo possível. Alfred Hitchcock.
Santa estupidez, isso é de sofrer! Frajola, o gato.

||

O tratamento de câncer que minha amiga recebia — e que incluía um procedimento ainda experimental — foi mais bem-sucedido do que os médicos cautelosos haviam permitido que ela esperasse.

Ela ia sobreviver.

Ou melhor, como ela própria falou, não ia morrer.

Para ser exata, o que ela disse foi *Ainda não preciso abandonar a festa*.

Agora ela oscilava entre euforia e depressão. Euforia pelo motivo óbvio; depressão porque, bem, ela não estava muito convicta da razão, mas havia sido advertida a esperar por isso. Parece absurdo, disse ela. Mas, depois de pensar todo esse tempo que era o fim, e tentando me preparar para isso, sobreviver parece o anticlímax.

De fato, o primeiro pensamento dela ao receber o diagnóstico fora o de que não aceitaria qualquer tratamento. Quando soube que a taxa de sobrevivência para alguém com seu tipo de câncer, no estágio em que fora descoberto (cinquenta por cento de chance, de acordo com a pesquisa dela, embora o oncologista não tenha cravado essa taxa), ela previu um longo período de tratamento, doloroso e debilitante, durante o qual se sentiria muito enjoada para fazer qualquer coisa que pudesse ser chamada de existência e, muito provavelmente, falharia em salvar sua vida. Ela vira acontecer isso com tanta frequência, disse. E eu também. Todos nós vimos. Ainda assim, imploramos a ela para não desistir, insistimos com ela para fazer o possível na luta contra a doença. Cinquenta por cento: e não as *piores* probabilidades.

E, enfim, não foi difícil persuadi-la. Ela não queria abandonar a festa cedo. E por que não ser um porquinho-da--índia? (A despeito das repetidas objeções do seu médico, ela continuava chamando a si mesma assim.) Apenas uma pessoa não tentou mudar sua opinião. A filha dela simplesmente lhe disse: A escolha é sua.

No momento em que escutei isso, senti um aperto no coração. As duas mulheres tinham uma história tensa. Havia tantos pomos da discórdia entre nós, brincava minha amiga, que daria para reescrever a mitologia grega. Com frequência, ela fazia piadas sobre o relacionamento com a filha, em parte porque o humor sempre foi um traço forte de sua personalidade, em parte porque era seu jeito de lidar com as dificuldades. Lembro quando sua filha nasceu: uma gravidez de risco que culminou em um parto extenuante e uma hemorragia pós-parto severa, a ponto de demandar uma transfusão de sangue — *Acho que é isso que acontece quando você traz ao mundo um monstro*, era como ela brincaria com o fato mais tarde.

Elas moravam a uma distância de menos de quatro quilômetros e, embora se falassem na época do diagnóstico da minha amiga (diferentemente das muitas vezes que eu recordava de não se falarem), não tiveram muito contato por anos.

Nunca nem vi o homem com quem ela mora, minha amiga me disse. Eu não me surpreenderia se ficasse sabendo que se casaram somente depois do fato consumado.

A escolha é sua. Não cabia a mim julgar tal reação. Também era desnecessário atribuir a ela a conotação mais cruel e sinistra. Mas eu sabia como poderia ter soado para minha amiga e quanta dor teria lhe causado.

Antinatural é uma palavra que sempre vem à mente quando penso nessa mãe e nessa filha. Desde que me lembro, parecia haver apenas desentendimento entre elas. Momentos de afeição eram bastante raros quando moravam sob o mesmo teto. Depois que a filha se mudou, eles desapareceram por completo.

Quando minha amiga começava a frase *Se eu soubesse como seria*, eu tinha certeza de que ela continuaria com: Eu não teria tido uma filha. Mas *eu tentaria ter tido ao menos mais um* era o que ela acabava dizendo.

Antigamente, perante uma criança que mistificavam ou rejeitavam em razão de algum traço — doença ou deficiência, falta de afeição ou mau comportamento —, os pais queriam apenas acreditar que seu verdadeiro filho fora roubado e que os ladrões (de acordo com várias lendas populares, mais provavelmente demônios ou fadas) haviam deixado um substituto, o qual, na verdade, era um duende, um diabinho ou outra criatura não humana. Imagine quantas vezes o mito da criança trocada serviu de pretexto para abuso infantil: castigo físico, negligência, abandono e até mesmo infanticídio.

Qualquer teoria de que a filha da minha amiga tivesse sido trocada por acidente ao nascer seria facilmente derrubada: tinha os belos olhos azuis da mãe até nos anéis dourados em volta das pupilas. O mesmo rosto em formato de coração, as mesmas pernas arqueadas, vozes indistinguíveis. Mas me lembro de a minha amiga dizer isto mais de uma vez: Se estivéssemos na Idade Média, eu juraria que a criança tinha sido trocada.

Ao se ver pressionada, um suspiro exasperado. Ela simplesmente não se *sente* minha filha.

Algo que nunca falhou em me arrepiar.

E, quando fez o comentário — se ela soubesse como seria, tentaria ter tido ao menos mais um —, aquilo também me arrepiou. Mas pensei ter compreendido. Se ela tivesse tido outro filho e conseguido relacionar-se melhor com ele, isso não provaria não ser sua culpa o fato de as coisas terem ficado tão ruins com a filha? Compreendi. Ou, ao menos, tentei.

Ela também teimava que tudo teria sido diferente — ou seja, melhor — se a filha fosse um filho. *Esta é a história mais triste que já ouvi*, assim começa um dos romances mais famosos do século XX. Muitas vezes a frase me vem à mente quando escuto alguém falar sobre sua vida desordenada, em especial em relação à sua família infeliz. Havia um pai, é claro. Ou, melhor dizendo, o fantasma de um. Eles fizeram parte da mesma turma durante todo o ensino médio e, no fim, por um breve período, pouco antes de ele ser convocado para o Exército, foram um casal. Quando ele voltou da guerra, os dois tentaram, mas não deu certo. A filha tinha sido, minha amiga confessou, resultado do sexo de despedida antes do término do namoro.

Sabíamos que estava tudo acabado, disse ela. Mas não tínhamos raiva um do outro, e eu não fazia ideia de quando faria sexo novamente. Fui eu que insisti nessa última vez.

A ideia de casamento nunca passou por sua cabeça, disse ela. Não estava apaixonada por ele, nunca estivera apaixonada por ele — além da nostalgia do colégio, eles não tinham interesses em comum — e não desejava ter esse homem em sua vida nos anos seguintes. Quando lhe contou que estava grávida, também deixou claro que não esperava nada dele. Ela tinha pais ricos, os quais ficaram mais felizes do que chateados ao saber da condição da filha. Eles sempre se arrependeram de não poder ter tido mais filhos. Quaisquer que fossem as circunstâncias, a promessa de um neto era motivo para comemoração.

E, uma vez que o namorado da minha amiga voltou da guerra sentindo-se perdido e inseguro em relação a quase tudo, com exceção de que não estava pronto para a paternidade, ele foi totalmente a favor de um plano para subtraí-lo da história. De todo jeito, ele ansiava por ir embora da cidade natal e recomeçar em outro lugar. Nem ao menos esperou o nascimento do bebê para partir.

Uma década de silêncio teve fim com a notícia de sua morte. Certo dia, ele e a esposa passeavam de carro pelo campo quando depararam com uma casa cujo andar superior estava em chamas e da qual, a mulher explicou mais tarde, seu marido disse ter ouvido gritos. Ele correu para dentro do imóvel, subiu a escada e então, vencido pelo calor e pela fumaça, sofreu uma parada cardiorrespiratória. Os bombeiros, que chegaram minutos depois, foram incapazes de reanimá-lo. No que diz respeito aos gritos, a própria esposa não ouvira nada, disse ela, e descobriu-se que, na hora do incêndio, ninguém estava em casa.

Eu nunca deveria ter contado essa história a ela, disse minha amiga. Eu deveria ter fingido que não tinha ideia de quem era o pai dela.

Aos olhos da mãe, o pai, insignificante o suficiente no início, com o tempo se reduziu a quase nada. Para a filha, a ausência fez com que se agigantasse cada vez mais, e com a morte ele se tornou um colosso.

Impressionantemente bonito — veja o anuário do colégio. (*Era de esperar que ele estivesse com uma mulher muito mais bonita* era uma das flechas mais pontiagudas na aljava da filha.) Um soldado: corajoso, romântico. Um herói que sacrificou a vida para salvar estranhos em uma casa em chamas. Um homem como esse não abandona o próprio filho com naturalidade. E, no entanto, ela nunca o conheceu. Nunca nem falou com ele.

E de quem era a culpa?

Isso partiu o coração dela, disse minha amiga, quando, certa vez, limpando o armário da filha, encontrou as cartas que vinha escrevendo secretamente para o pai.

E nas quais, parecia, ela extravasava todo o ressentimento contra a mãe e os avós.

Eu sei que eles não lhe deram uma chance. Eu sei como minha mãe é e do que é capaz para conseguir o que quer.

Ela odiava ser filha de mãe solo — a única entre seus amigos durante a infância. Não conseguia se livrar da vergonha por não ter um pai presente. Também duradoura foi sua hostilidade para com qualquer um que a mãe namorasse.

Embora nunca tenha se casado, minha amiga teve casos com vários homens à medida que a filha crescia, e, com cada um deles, a menina se comportou da maneira mais rude possível. Não seria injusto dizer que até ajudou a afastar alguns. Ela odiava crescer na casa dos avós como se ela e a mãe fossem irmãs. (Para ser sincera, disse minha amiga, deixei muito da criação dela para minha mãe, que era como mamãe também queria, e eu de fato me sentia mais como irmã mais velha que como mãe.) A filha não tolerava ver como a mãe e os avós se davam bem. Era uma estranha entre eles, *a filha de seu pai*, diferente de qualquer familiar de sua mãe, com quem ela não conseguia se dar bem de jeito nenhum.

Nunca vou perdoar aquela mulher por se colocar entre nós.

Aquela mulher, é claro, era eu, disse minha amiga.

Eram cartas de amor, na realidade.

Ela conseguiu transformá-lo em uma grande paixão, disse minha amiga. Teria nos vendido como escravos para passar uma hora com ele.

E é isso que mais me incomoda, disse ela. Ok, *me* odeie. Fui eu quem engravidou e disse não a um casamento forçado, sou uma péssima mãe. Mas e meus pais? Tudo o que eles sempre fizeram foi amá-la e cuidar dela, e ela tornou infelizes aqueles que deveriam ter sido os anos dourados dos dois. É isso que jamais perdoarei.

Se ela soubesse como as coisas seriam, teria tentado dar a eles outro neto.

Esta é a história mais triste que já ouvi.

No ensino médio, ela escreveu um poema sobre o pai que continha os versos "Era eu na casa em chamas/ Era eu que gritava".

Tudo se resumia a dizer que sua vida inteira era uma tragédia, sua mãe assim o descreveu. Esta criança tão amada e desejada que cresceu com todos os privilégios concebíveis em um mundo repleto de sofrimento, e aqui está ela, agindo como se fosse uma órfã, uma expatriada, uma refugiada. Ainda teve a coragem de chamar a si mesma assim.

"Sou uma refugiada emocional" era outro verso do poema.

Seus avós também ficaram chateados com o poema, no qual foram acusados de serem ricos esnobes sem sentimentos, inimigos em vez de familiares amorosos. Foi a porra da gota d'água, disse minha amiga. E a escola ainda *premiou* o poema!

É melhor revelar aqui: eu nunca tive muita simpatia pela filha. Jamais gostei dela. Ela era, isso deve ser dito, uma menina detestável. Lembro-me de como minha aversão a ela me deixava com sentimento de culpa: afinal, não passava de uma criança. Mas eu nunca tinha conhecido uma criança tão desagradável. Ela mentia com a habilidade de um golpista. Quebrava seus brinquedos de propósito. Roubava coisas que poderia pedir para ganhar. Praticava *bullying* com crianças menores. Sua avó lhe deu um gatinho, e ela o provocava tão incessantemente que ele se tornou quase feral.

Quando chegou o momento de ir para a faculdade, ela se inscreveu apenas em instituições em estados distantes (Ela quer ficar o mais longe possível de mim, sua mãe disse acertadamente), e depois, para a pós-graduação, foi ainda mais longe e morou alguns anos no exterior. Ela sempre demonstrou ter um dom e uma paixão pela escrita, mas, em vez de seguir a carreira literária (Seguir *meus* passos?, disse minha amiga, isso nunca aconteceria), foi para a área de negócios, especificamente assessoria administrativa para os negócios de outras pessoas, especializando-se, enfim, em hotelaria e entretenimento. Nesse segmento, ela se revelou uma espécie de prodígio, e porque era um tipo de trabalho que envolvia muitas viagens, e viajar era a única coisa que ela amava mais do que o trabalho em si, e porque, graças à profissão, viajar em geral significava viagens luxuosas de cortesia, ela acabou se tornando mais feliz do que nós, que a conhecemos desde menina, poderíamos ter previsto.

Uma vez que estabeleceu independência completa em relação a eles, a hostilidade para com os familiares diminuiu.

A morte dos avós, um após o outro, desencadeou sentimentos de remorso dos quais a mãe temia que ela fosse incapaz.

Seria exagero dizer que mãe e filha se reconciliaram — nunca haveria paz verdadeira entre elas —, mas passou a haver menos tensão, e por alguns anos, pelo menos, elas conseguiram estar presentes uma na vida da outra de maneira similar a uma relação familiar normal.

Mas era tarde demais. Havia muita história, muito rancor entre elas. (Com a lógica típica de uma família disfuncional, minha amiga perdoou facilmente os pais por terem votado no Partido Republicano, mas a filha, nunca.) No final, era mais fácil simplesmente não se importar, viver uma sem a outra. Assim como minha amiga ainda não conhecia o homem com quem a filha morava, a filha não fazia ideia de que a mãe também tinha alguém (um homem cujo interesse esfriou, contudo, quando se tornou óbvio que ela estava gravemente doente).

Era essa a situação das coisas no momento do diagnóstico da minha amiga.

A escolha é sua. Isso é coisa que se diga, disse minha amiga. A escolha é sua. Ponto-final. Como se fosse algo pequeno. Como se não tivesse nada a ver com ela.

Segurei sua mão, tentei acalmá-la. Falei: As pessoas dizem coisas erradas...

Você foi inteligente por não ter tido filhos, disse ela.

Essa não foi, de maneira alguma, a primeira vez que ela me disse isso, mas agora o fizera com uma força incomum. Então completou, como se percebesse que talvez não devesse ter falado assim comigo: Sabe, pedi especificamente a outras pessoas que não viessem nesta tarde porque queria que fôssemos apenas nós duas.

Eu não tinha nenhuma novidade para compartilhar, então falei sobre outras coisas, as habituais, livros que li, filmes que vi e como todos os moradores do meu prédio estavam enlouquecendo porque nos foi informado que um apartamento estava com infestação de percevejos. Minha amiga e eu nos conhecemos quando tínhamos vinte e poucos anos, trabalhávamos na mesma revista literária. O editor-chefe, nosso antigo chefe, havia morrido no início do ano, e conversamos sobre ele, sobre os dias na revista e como seria o futuro da publicação agora que seu fundador e editor-chefe se fora, e contei-lhe sobre o memorial fúnebre, no qual estive presente, e ela disse que também teria comparecido se não estivesse doente.

Falamos sobre outras pessoas que conhecíamos, outras que conhecemos na revista, aquelas das quais ainda éramos amigas, aquelas com quem havíamos perdido contato. O morto. Fiquei preocupada com essa conversa sobre morte, parte dela dedicada a pessoas (como nosso antigo chefe) que sucumbiram à mesma doença que agora ameaçava a vida da minha amiga, mas era ela quem conduzia a conversa, como sempre fazia quando estávamos juntas: era o jeito dela.

Embora estivesse um pouco grogue por causa da medicação (e, mesmo negando, acredito que também sentisse dor), preservava o jeito enfático pelo qual era conhecida, inconfundivelmente alguém que passou boa parte da vida atrás de um púlpito. Lembrei que ela sempre foi conhecida pelo vigor. Era o tipo de pessoa que os outros descrevem como uma lutadora, uma sobrevivente, e foi por esse motivo que nós, que a conhecíamos, ficamos surpresos quando ela anunciou que pretendia renunciar ao tratamento. E nada surpresos quando ela mudou de ideia. Ela não estava errada, no entanto, por temer o tratamento. A princípio, quase não a reconheci. *Branca como casca de ovo e magra como um hashi*, foi como ela tentou me preparar para o encontro. E sem um fio do que, um dia, fora uma cabeleira farta.

Cerca de uma hora depois do início da minha visita, fomos interrompidas por seu oncologista, um jovem moreno de beleza clássica, como um astro do cinema escalado para representar o médico heroico, e fiquei comovida ao ver como ela flertou com ele (e como ele, sutilmente, com bom humor, flertou de volta) antes de me pedirem para sair do quarto.

Um quarto particular. (Você não vai acreditar no quanto isto custa, ela me disse, mas eu não suportaria a ideia de ficar aqui o dia todo com alguma companheira de quarto assistindo à TV ou tagarelando ao telefone. Não aguento nem por alguns minutos na sala de espera. E eu, em contrapartida, contei a ela sobre ter passado uma noite em um hospital para uma pequena cirurgia no ano anterior e sobre como tive de ouvir, por horas, a mulher na cama ao lado telefonar para atualizar sua condição a uma série interminável de pessoas, incluindo seu cabeleireiro e, por mais estranho que possa parecer, alguém pelo visto confuso, a quem teve de explicar como haviam se conhecido.)

Depois que o médico terminou a consulta, retomamos a conversa interrompida. Então, de súbito, ela caiu para trás, exausta. Foi tão repentino, como se tivesse levado um tiro. Não tinha mais energia para falar, mas me pediu para permanecer mais um pouco. Uma enfermeira entrou para tirar sangue, e minha amiga surtou com ela, e nem mesmo me lembro, de fato, do porquê. (Não gosto dessa daí, foi tudo que me disse mais tarde.) A enfermeira, exemplo de postura profissional, piscou para mim ao sair. Na assistência oncológica, elas são treinadas para perdoar.

Estou tão feliz por ter vindo, disse minha amiga quando lhe dei um beijo de despedida.

Respondi que voltaria no dia seguinte.

O que vai fazer esta noite? Programou alguma coisa?

Contei a ela que ia assistir à palestra do meu ex.

Ah, *ele*, disse. E revirou os olhos.

Perguntei se tinha lido o artigo no qual a palestra se baseia e ela respondeu que sim.

Que bom que ele ainda se diverte sozinho, disse ela.

— • —

Recentemente, um conto foi publicado em uma antologia; para minha amiga e para mim, era baseado em uma história verídica familiar, porque envolvia alguém que conhecíamos, outro antigo colega de trabalho. Um homem que lecionava em uma universidade foi surpreendido pela presença, em uma de suas aulas, de um jovem que o lembrava do belo efebo que fora o amor e a obsessão de sua juventude. Cedendo à tentação, seduziu o aluno e ficou entusiasmado quando seus sentimentos foram correspondidos. Um romance apaixonado se seguiu, com os dois homens torcendo para que, apesar das diferenças etária e geracional, o relacionamento durasse. Mas, depois de um curto período, revelou-se que o jovem era filho do ex-amante do professor. Essa descoberta desencadeou uma série de distúrbios profundos na psique do professor. Ele imediatamente rompeu o relacionamento, mas foi incapaz de voltar a levar uma vida normal, tornando-se tão perturbado que acabou se matando.

Lembro que, naquela época, o que nenhuma de nós podia acreditar, até que a verdade fosse revelada, era que esse homem havia sido capaz de ignorar não somente a evidência da semelhança física, que de fato era impressionante, mas a evidência, ainda maior, de que seus dois amantes *compartilhavam o mesmo sobrenome*. Também inacreditável era o fato de que nunca sequer mencionara essas incríveis "coincidências" ao aluno e, ao que parece, nunca procurou saber se haveria algo mais por trás delas.

O poder da negação. Já aconteceu mais de uma vez: uma menina dá à luz, digamos, no banheiro de um colégio e, mais tarde, revela que não fazia ideia de que estava grávida; as muitas mudanças que ocorreram em seu corpo foram por ela atribuídas a... seja lá o que for.

A capacidade ilimitada da mente humana para a autoilusão: meu ex certamente não estava errado sobre isso.

No conto publicado, escrito pelo jovem (bem, ele não era mais jovem) amante, o gênero dos personagens e outros detalhes haviam sido alterados: sendo assim, o professor teve um caso com a filha, de cuja existência ele nunca fora informado. Segundo o autor, isso foi para promover um conflito mais dramático e tornar o suicídio mais convincente. Claro, a verdade era muito mais interessante, e minha amiga não foi a única que sentiu que o escritor havia de fato "arruinado" a história — esquecendo que aquilo que realmente ocorreu não era uma obra de ficção. Algumas pessoas próximas ao professor ficaram chateadas ao vê-lo transformado em um personagem ficcional e pensaram que a história nunca deveria ter sido escrita ou publicada.

Mas ela existe e agora está entre nós. Mais uma história triste.

— • —

Jesus, Du weisst é o título de um documentário austríaco que vi há uns quinze anos e nunca saiu da minha cabeça. *Jesus, você sabe*. Seis católicos são apresentados, cada um sozinho em uma igreja diferente vazia, tendo concordado em rezar em voz alta ajoelhados e olhando para a câmera, posicionada sobre um tripé na capela-mor. Esses crentes comuns, três homens e três mulheres, trazem muito no peito, trazem muito na mente, há tanto a contar para Jesus. A frase "você sabe" é repetida várias vezes. (Na verdade, *Você sabe, Jesus* teria sido o título mais exato, já que o importante aqui é o conteúdo da conversa informal, e não a onisciência do Senhor.) Essas falas íntimas unilaterais, sobretudo a respeito de problemas familiares, são mais o que se esperaria ouvir uma pessoa revelar a um psicólogo ou confessor do que aquilo que vem à mente com a palavra *oração*. Não exatamente a carta de amor a Deus, não a elevação do coração e da mente a Deus ou o pedido de dádivas vindas Dele, conforme definido pela Igreja católica.

Uma das mulheres está depressiva porque o marido sofreu um derrame e agora passa todo o tempo vendo programas de TV ruins. Outra se queixa do marido que a trai. Talvez, com a ajuda de Jesus, ela possa encontrar as palavras certas para fazer uma ligação anônima a fim de informar o marido da amante. E talvez Jesus também lhe dê forças para não matar o marido com o veneno que ela confessa já ter obtido.

Um idoso, sem demonstrar nenhuma emoção, questiona Jesus sobre o abuso infligido a ele na infância: Por que meu pai me batia? Por que minha mãe cuspia no meu rosto? Um homem jovem começa queixando-se do fracasso de seus pais em entender sua devoção religiosa e termina descrevendo suas fantasias eróticas confusas e, às vezes, religiosas. Um jovem casal se reveza discutindo a infelicidade que surgiu no relacionamento por ela desejar uma coisa na vida e ele, outra.

Falam sem parar, os seis. Não há outra maneira de dizer isso. Assim como não há como ignorar o fato de que um tanto considerável do que ouvimos deles deveria ser chamado de lamentação. Um tom defensivo se insinua: cada pessoa parece ter sentido uma necessidade urgente de explicar seus sentimentos, de apresentar sua situação, como se estivesse expondo um caso perante um juiz.

Das poucas pessoas que estavam no cinema comigo, nem todas ficaram até o fim.

O que as orações registradas no filme revelam são as profundezas da solidão, da dúvida e da tristeza. Cada suplicante parece clamar por amor — um amor que nunca encontrou ou um amor que teme estar prestes a perder. Embora as pessoas no filme tenham idades e origens diferentes, compartilham outras duas coisas mais importantes: religião e nacionalidade. O que aconteceria se o experimento do diretor fosse repetido com outros grupos de crentes, não austríacos, não católicos? O resultado seria o mesmo? Acho que sim. Assistir ao filme e ouvir as orações fez com que me sentisse uma testemunha da condição humana.

O que é oração e se Deus está mesmo ouvindo são duas questões que o cineasta deseja que o espectador/voyeur rumine. Saí do cinema pensando naquela máxima inspiracional popular: Seja gentil, pois todos que você conhece estão travando uma batalha.

Muitas vezes, atribuída a Platão.

Não muito tempo depois de ver o documentário, por acaso ouvi uma entrevista no rádio com o cineasta John Waters. Solicitado a recomendar alguns filmes, ele imediatamente citou *Jesus, Du weisst*. Meu filme preferido para um feriado, ele alegou (estávamos na época do Natal). As pessoas estão *enlouquecendo*, disse John Waters. E o que o filme deixa claro é que, se houvesse de fato um Ser Supremo que tivesse de ouvir as orações das pessoas o tempo todo, Ele ficaria maluco.

III

Fui à academia. Frequento a mesma academia da vizinhança há muitos anos. Outros a frequentam há, no mínimo, tanto tempo quanto eu, então vejo as mesmas pessoas sempre que estou lá. Existe uma, em particular, que me intriga: todos esses anos, não importa o dia ou a hora em que eu chegue, essa mulher está lá. Embora nunca tenhamos nos tornado amigas — se alguma vez já perguntamos o nome uma da outra, esqueci o dela —, costumamos bater papo se por acaso nos encontramos no vestiário. Lembro que nossa primeira conversa foi sobre o livro *Graça infinita*, pois ela segurava um exemplar. Quando lhe perguntei se estava gostando, respondeu que a maior qualidade dele era o tamanho. Leria o livro por muito tempo, disse ela. Semanas. E sentia que, mesmo se não o adorasse, ao menos o investimento teria valido a pena. (Não pude evitar de pensar naqueles pirulitos que duram um dia inteiro.) Estava cansada, disse a mulher, de pagar vinte dólares por livros curtos — coisas que duravam pouco tempo, às vezes nem um fim de semana.

E às vezes é somente um livro de poemas, disse. Como podem cobrar tão caro por um livro de poemas? Quem os compra?

Não muitas pessoas, assegurei a ela.

Na época, a mulher da academia era jovem, ainda estudava, se bem me lembro, ou tinha saído recentemente da faculdade. Escola de arte. Eu me recordo claramente da aparência dela porque era tão bonita, com traços vívidos e dramáticos mesmo sem um pingo de maquiagem, e de como isso me remeteu a uma história sobre um diretor de cinema que disse a uma atriz mirim que ela não deveria ser filmada com toda aquela maquiagem, apenas para ser informado de que a pequena Elizabeth Taylor não estava usando maquiagem alguma.

A mulher da academia também foi abençoada com aquilo que seria considerado um belo corpo, mesmo sem o esforço que ela dedicava a malhar. Com o tempo, entretanto, sua aparência mudou, eu não diria drasticamente, porém mais do que ocorre com a maioria das pessoas. Na meia-idade, está tonificada, embora acima do peso, seus traços precisos se tornaram desfocados, o deslumbramento se foi. Ninguém está mais ciente disso do que ela. No vestiário, senta-se curvada e enrolada em toalhas, com uma expressão de mágoa. Por que eles têm que colocar todos estes *espelhos* aqui, por que as luzes precisam ser *claras* pra caralho?

Concordo em relação às luzes. São claras pra caralho. Mas sua observação sobre os espelhos me confunde. Não tenho dificuldade em ignorá-los.

Como era possível, queria saber a mulher do vestiário, uma pessoa malhar todos os dias, observar cada garfada que come e, ainda assim não perder peso. Agora comia metade do que comia antes, disse ela, mas a cada ano era preciso comer menos para não virar uma baleia. Nesse ritmo, logo se limitaria a uma cenoura e um ovo cozido por dia. E não seria tão ruim se não doesse, pois, quando seu estômago estava vazio, era como um rato tentando roer um buraco para fugir dali, e à noite, às vezes, era tão difícil que não conseguia dormir. Sabia que parecia loucura, disse a mulher no vestiário, mas, quando sua irmã teve câncer e perdeu quinze quilos, não pôde deixar de desejar que isso acontecesse com ela. Era muita insanidade? Afinal, sempre odiar a aparência, sempre lutar contra o próprio corpo e sempre, sempre perder a batalha significava que estava o tempo todo deprimida, mais deprimida do que a irmã em relação a ter câncer. E, de todo modo, a irmã estava bem agora. Comprar roupas, continuou a mulher do vestiário, isso era *divertido*. Isso já trouxe *alegria*. Mas agora era mais um castigo. Sempre que precisava de uma calça ou um vestido novo, precisava experimentar uma centena de peças antes de encontrar uma que servisse, e o tempo todo tinha que se olhar no espelho. Ficava parada ali olhando para si mesma e rangendo os dentes, disse ela, rangendo os dentes agora conforme me contava a história, pensando em como era antes — não apenas em quão divertido era, mas no estado de excitação que sempre alcançava ao admirar o próprio corpo.

De costas é ainda pior, disse ela. Realmente não posso suportar minha aparência de costas. Nunca mais visto uma peça que não cubra minha bunda.

Ir à praia, nadar, tomar sol — todas essas atividades também já foram divertidas, disse a mulher no vestiário. Mas agora não havia como aparecer em público de maiô, tampouco sairia de short. Não importava quão quente estivesse, explicou ela, sempre se cobria. Mesmo que perdesse peso, mesmo que fosse magra de novo, não mostraria seu corpo em público, disse ela. Mesmo sabendo que sua aparência não era pior que a da maioria das mulheres da sua idade — e ela sabia que de fato sua aparência era melhor que a da maioria —, não entendia como algumas mulheres eram capazes de se mostrar praticamente nuas, como tantas faziam, sem autoconsciência, sem vergonha. Quando via uma mulher caminhando na praia com as coxas moles como um queijo cottage e a barriga pendurada como uma rede de descanso, tinha que virar a cabeça, disse a mulher no vestiário, não podia sequer olhar. *E preferia morrer a dar a alguém um motivo para sentir o mesmo por ela.*

Havia um horror genuíno em sua voz. Havia horror, e amargura, e dor. Que piada de mau gosto a vida lhe pregara.

Já ouviu aquela sobre X, Y ou Z terem feito tantas plásticas que a covinha no queixo, na verdade, era o umbigo? Pelo que me lembro, a primeira vez que ouvi tal piada foi a respeito de Elizabeth Taylor.

Bem antes do advento do FaceApp, lembro que ouvi alguém dizer que todo mundo, em algum momento na juventude — por volta da época em que se conclui o ensino médio —, deveria receber imagens alteradas digitalmente mostrando como, provavelmente, sua aparência seria dentro de dez, vinte, cinquenta anos. Dessa maneira, explicava a pessoa, ao menos é possível se preparar. Porque a maioria nega o envelhecimento, assim como nega a morte. Embora veja o que acontece a seu redor, embora o exemplo de pais e avós esteja debaixo do próprio nariz, não leva isso em consideração, não acredita que isso lhe ocorrerá. Ocorre com os outros, ocorre com todo mundo, mas com ela, não.

Mas sempre pensei nisso como uma bênção. A juventude que carrega o fardo do conhecimento pleno de quão triste e doloroso é o processo de envelhecimento, essa eu nunca chamaria de juventude.

Outro dia aconteceu o seguinte: eu estava sentada com alguns amigos em um café na calçada. Uma mulher de meia-idade falava ao celular em pé perto do meio-fio, sua voz sobrepondo-se ao barulho da rua. Sou a mais nova, nós a ouvimos dizer. Da janela de um carro que passava, um homem urrou: Como *você* pode ser a mais nova? Você parece ter cem anos!

Uma idosa que conheço, uma mulher outrora bela, disse sobre esse assunto: Em nossa cultura, a aparência é uma parte muito importante de quem você é e de como as pessoas o tratam. Especialmente se for mulher. Então, se você é bonita, se é uma garota ou mulher bonita, você se acostuma com determinado nível de atenção. Você se acostuma com a admiração — não apenas vinda de conhecidos, mas de estranhos, de quase todos. Acostuma-se com elogios, acostuma-se com os outros querendo tê-la por perto, querendo lhe dar coisas e fazer coisas por você. Acostuma-se a inspirar amor.

Se você é mesmo bonita e não é mentalmente doente, não é presunçosa demais, não é uma idiota total, acostuma-se a ser popular, fica tão acostumada com o amor e a admiração que nem dá o devido valor a isso, nem sequer sabe quão privilegiada é. Então, certo dia, tudo isso desaparece. Na verdade, isso se dá de maneira gradativa. Você começa a notar algo. Não vê mais cabeças virando quando passa, as pessoas que acaba de conhecer nem sempre se lembram do seu rosto mais tarde. E essa se torna sua nova vida, sua estranha nova vida: a de uma pessoa normal, não mais desejável, com um rosto comum e esquecível.

Às vezes penso nisso, disse a mulher outrora bela, quando ouço moças reclamarem de como, aonde quer que vão, os rapazes olham para elas ou assobiam — toda aquela atenção grosseira e indesejada. E eu entendo isso, disse ela, porque também me sentia assim. Mas mostre-me a garota que dirá daqui a alguns anos: Graças a Deus, estou tão feliz que isso não aconteça mais comigo! É como a menopausa, disse. Não importa quanto seja um alívio não ter que lidar mais com a menstruação, mostre-me uma mulher que receba com alegria a primeira ausência de seu fluxo.

Lembro, prosseguiu a idosa e outrora bela, que depois de certa idade foi como um pesadelo — um daqueles pesadelos em que, por algum motivo, ninguém reconhece mais você. As pessoas não me procuravam nem tentavam fazer amizade comigo como sempre fizeram antes. Nunca estive na posição de ter que me esforçar para que os outros gostassem de mim e me admirassem. De repente, eu estava tímida e socialmente desajeitada. Pior ainda, comecei a me sentir paranoica. Será que eu tinha me transformado em uma daquelas pessoas patéticas que sempre tentam fazer os outros gostarem delas quando todo mundo sabe que esse é o tipo de pessoa de que as outras jamais gostam?

Certo dia, meu filho trouxe uma amiga para casa, continuou a mulher outrora bela, e sem querer a ouvi perguntar: Sua mãe é meio estranha, não é? Até hoje não tenho certeza do que a garota quis dizer, nunca me aprofundei na questão, mas aquilo me jogou em uma crise. E, mais ou menos naquela época, comecei a me isolar. Quer dizer, eu ainda trabalhava fora e cuidava da família, mas me socializava cada vez menos. Além disso, embora nunca tenha engordado, parei de usar maquiagem e de pintar os cabelos brancos.

Lembro, disse a mulher outrora bela, que uma das piores partes de tudo isso era a culpa. Senti, honestamente, que, ao envelhecer e perder a vaidade, eu me tornei uma decepção para as pessoas, eu as estava desapontando. Não havia como negar que eu era uma decepção para o meu marido, não que ele tenha dito isso, mas também não escondeu. E, quando começou a me trair, sabia que ele usava como justificativa o fato de eu não ter tentado parecer melhor — quer dizer, mais jovem, é claro. Minha própria mãe, que havia trabalhado como modelo e era o que chamam de mulher do mundo, me avisou que eu estava arriscando meu casamento. Afinal, minha aparência tinha tudo a ver com o motivo que levou meu marido a se casar comigo, foi uma parcela significativa do que o fez se apaixonar por mim, ele e eu sabíamos disso, seria um absurdo negar. Mas a garota pela qual se apaixonou e com a qual se casou não existia mais — e como foi para ele saber que seria incapaz de desejar a mulher que ocupava o lugar dela? Então, fez o que outros homens na situação dele fazem, disse a mulher outrora bela: ele me trocou por outra. Que, como as amigas vivem salientando — acho que por pensarem que isso me faz sentir melhor —, se parecia muito comigo quando eu tinha a idade dela, vinte anos atrás. As amigas também vivem repetindo: Agora você vai conhecer outra pessoa, agora vai encontrar um homem que a ame pelo que você é, e não por sua aparência! Engraçado, mas nunca conheci tal homem.

Talvez eu realmente seja *estranha*, como me qualificou a garota, ou talvez seja terrível e superficial, mas, constantemente, tenho a sensação de que morri, disse a mulher outrora bela. Morri há todos aqueles anos e tenho sido um fantasma desde então.

Venho lamentando minha perda desde então, e nada, nem mesmo meu amor por meus filhos e netos, pode remediá-la. A mulher da academia sempre quis ser pintora, disse ela outro dia, quando nos encontramos no vestiário. Achei que conseguiria, mas não tinha certeza, disse ela, porque é assim quando se está começando e ainda não houve a chance de provar seu valor. A maioria dos meus professores era homem, disse ela, e lembro como dois deles, em particular, de fato me encorajavam. Sempre me diziam quão boa eu era. É claro, estavam sempre dando em cima de mim, mas isso não era de surpreender, outros homens também faziam isso, assim como vários professores davam em cima de suas alunas naquela época, era desse jeito que as coisas funcionavam. Mas não consegui deixar de ter dúvidas. Não tinha certeza se eles gostavam do meu trabalho ou se apenas gostavam de mim. Eu não podia ignorar o fato de que a única professora não se impressionava tanto com meu trabalho quanto os homens. Mas então pensei que talvez ela estivesse apenas sendo competitiva ou ciumenta, como muitas mulheres são, e um dos homens me garantiu que esse era definitivamente o caso. Quanto mais isso se prolongava, mais confusa eu ficava, disse ela. Eu não sabia em quem confiar, não sabia diferenciar o que era sincero do que era bajulação. Perdi toda a confiança em meu próprio discernimento. Não estou tentando dar desculpas. Se ser artista realmente tivesse sido meu destino, sei que nada deveria ter me impedido. Mas, quando olho para trás, penso: Meu Deus, aqueles homens! Eles me deixaram completamente perdida. Eu não conseguia mais distinguir o que era real.

Um dia, naquela época, David Foster Wallace suicidou-se, e perguntei à mulher da academia se ela se recordava de que nossa primeira conversa tinha sido sobre o *Graça infinita*. Ela não se recordava disso e achou que eu tivesse me enganado. Tinha ouvido falar do livro, mas estava certa de que não o lera. Nunca leio livros longos como aquele, disse ela. Quem tem tempo para isso?

IV

As histórias das mulheres são quase sempre tristes. Como muitos que passam dos sessenta, a Mulher A sempre pensa na infância. Ao mesmo tempo, sempre pensa naqueles anos em que a velhice parecia algo distante, mais como uma opção do que uma lei natural. Após se formar na faculdade, foi morar em uma cidade maior. Naqueles dias, mais do que procurar um marido, ou até mesmo um namorado sério, ela se contentava em sair com vários homens, e, por ser atraente, divertida e não muito exigente, esse objetivo era fácil de alcançar. É claro, isso de sair com um monte de gente não ia durar, não era para durar (na verdade, é espantoso quão rápido aquilo perdeu a graça), e ela tinha se imaginado, em seu devido tempo, sossegada com o Definitivo. Mas, vez ou outra, bem antes de isso acontecer, quando por acaso via determinado tipo de casal — uma senhora acompanhada de algum velhote com ombros arredondados e cabelos esparsos, brancos e rebeldes, o cinto quase na altura do peito —, ela sentia uma espécie de dor pelo velho que, em um dia distante, estaria a seu lado. Aquele homem, do jeito que ela o via, embora desprovido de juventude, ainda teria certas coisas essenciais. Para começar, graças a uma carreira longa e bem-sucedida, ele teria muito dinheiro para desfrutar a vida. Teria um bom coração e dignidade, apesar das fragilidades da idade avançada. (Nem é preciso dizer que ainda estaria lúcido.) Ele e ela levariam juntos uma vida tranquila, mas estimulante, uma vida rica e elegante, do jeito que ela a concebia: iriam a shows, ao teatro e ao cinema e viajariam para o exterior, mas não naquelas horríveis excursões de aposentados, *por favor*. Passada a fase da paixão, ainda seriam românticos, diria qualquer um que os visse, do jeito que ela os concebia, tendo como cenário cidades estrangeiras e paisagens exóticas. Com o passar dos anos, a imagem do velho começou a lhe ocorrer de maneira cada vez mais nítida, quase como se ele estivesse caminhando em sua direção. Mas, quanto mais o tempo passava, a imagem dele começou, como se estivesse caminhando para trás, a retroceder. E, agora que ela encara uma velhice diferente daquela que imaginava, a questão não a deixará em paz. Toca em sua cabeça, como o trecho de uma canção antiga ou de um poema que fora obrigada a memorizar na escola: Onde está o velho? Ah, onde está o velho amável, gentil e companheiro? Alguém, por favor, poderia contar a ela?

Esse tipo de história sobre uma mulher.

— • —

Outra história, esta agora passada na Úmbria.

... onde, em certo verão, a Mulher B alugara uma velha casa de campo. Todas as manhãs, antes que a temperatura subisse muito, ela saía para correr nas colinas. Quase todas as manhãs, sempre no topo da mesma colina, perto das ruínas de uma torre medieval, via o mesmo carro estacionado à beira da estrada e o velho homem, a quem o veículo pertencia, parado por perto, apoiado em uma bengala. O homem tinha um cachorro, um cocker spaniel de pelo dourado, que corria latindo furiosamente na direção dela sempre que se aproximava. Toda vez que isso acontecia, o velho, que não a reconhecia, gritava: *Signora! Ha paura dei cani?*. E, toda vez, ela lhe assegurava que não, não tinha medo de cachorros.

Nas primeiras manhãs, por cortesia — e também por sentir que o velho provavelmente gostaria de um pouco de atenção —, ela parou para conversar. Seu italiano não era lá essas coisas, mas, como ele nunca se lembrava dela, muito menos do conteúdo das conversas anteriores, era necessário falar um pouco de italiano. Ela deduziu que ele era uma espécie de trabalhador aposentado que morara a vida toda naquelas colinas, descendente de pessoas que outrora trabalharam nas terras pertencentes a um dos castelos da região. Mas nunca soube por que ele sempre escolhia dirigir até aquele local específico para passear com o cachorro. Ele próprio era frágil em demasia para dar mais do que poucos passos cautelosos por vez.

Um dia, quando o ar estava bem mais pesado do que o normal, a mulher tirou a camisa de mangas compridas que sempre usava por cima do top esportivo e amarrou-a na cintura. Assim que a antiga torre se avultou à sua frente, o cachorro veio latindo em sua direção. *Ha paura dei cani?* Mas, no momento em que se aproximou, notou que algo não estava certo: o homem se mostrava visivelmente agitado. Ela temia que talvez o calor o tivesse afetado. Após avançar alguns passos, compreendeu. O homem, na realidade, não fazia nenhum esforço para esconder sua luxúria, os olhos percorrendo o torso seminu dela, suspirando, *Ah, signoraaah*, e estendendo a língua como se imitasse o cachorro ofegante a seus pés.

Estava prestes a seguir em frente quando, para sua consternação, ele deixou a bengala cair e, agarrando seu braço nu com uma das mãos, começou a acariciá-lo energicamente com a outra. Uma torrente de balbucios e grunhidos lascivos saiu dos lábios dele. Tomando cuidado para não o desequilibrar, ela conseguiu se desvencilhar dos braços dele e saiu correndo.

É fácil rir do incidente, que, afinal, tinha sido mais cômico do que qualquer outra coisa. (Foi como ser pega por um sátiro, ela descreveria depois aos amigos.) Mas também havia algo persistentemente perturbador naquilo. O fato de ela nunca ter se sentido em perigo real não significava que não houvesse um elemento de violência no comportamento dele. Talvez o mais inquietante tenha sido algo que viu no rosto dele naquele momento, mas que só identificou mais tarde: longe de ter vergonha, o bode velho sentiu orgulho de sua excitação.

Mesmo com o declínio da idade, ele era vários centímetros mais alto que ela e, embora fraco, ainda era corpulento. Não era difícil entrever o homem de constituição forte que devia ter sido. Não era difícil imaginar um brutamontes jovem, perigoso e viril capaz de agarrar uma mulher indefesa que encontrasse em um local ermo e do qual ela não teria como escapar.

Era improvável que o velho se lembrasse melhor daquele encontro que dos outros. Em todo caso, depois daquela manhã, ela nunca mais parou para falar com ele. Cada vez que o via, no entanto, era atingida pelo mesmo pensamento. Lá estava ele, na faixa dos oitenta anos, pelo menos. Sem memória, sem pernas, sem fôlego — mas a mera visão de um pedaço de carne feminina poderia derrubá-lo de seu poleiro. Certamente já fazia um bom tempo que ele não era capaz de transar. Ainda assim. Ele quis. Ele cobiçou. Mesmo correndo o risco de cair e quebrar o quadril — a catástrofe que significa o prenúncio do fim para tantos idosos —, ele precisou tirar uma casquinha. A animalidade em seus olhos sedentos, a respiração ofegante, os ruídos guturais grosseiros — era como se, entre aquelas antigas colinas verdes aquecidas pelo sol, ela tivesse sido confrontada não por outro ser humano, mas por alguma força incontrolável.

V

Havia apenas uma esperança na qual ela não se apoiou nem se permitiria apoiar-se: se, em menos de trinta anos, não encontrasse um homem, um único ao menos, que fosse exclusivamente significativo para ela, que se tornasse inevitável para ela, alguém que fosse forte e lhe trouxesse o mistério que aguardava, um único ao menos que fosse realmente um homem, e não um excêntrico, um fraco ou um dos carentes de que o mundo estava repleto, então o homem simplesmente não existia, e, uma vez que esse Novo Homem não existia, só poderíamos ser afáveis e gentis uns com os outros por certo tempo. Não havia mais nada a fazer a respeito, e seria melhor se mulheres e homens mantivessem distância e não tivessem nada a ver um com o outro até que encontrassem o caminho para sair do emaranhado e da confusão, da discrepância inerente a todos os relacionamentos. Talvez um dia algo mais pudesse surgir, mas só então, e seria forte e misterioso e teria uma grandeza real, algo ao qual qualquer um poderia se submeter outra vez.

Talvez um dia. Mas, desde que essas palavras foram escritas, há quase meio século, em uma história autobiográfica de Ingeborg Bachmann, homens e mulheres só se tornaram mais divididos.

O emaranhado é mais apertado, a confusão é mais profunda, e as discrepâncias, mais gritantes. Estados vermelhos e estados azuis. E a afabilidade e a gentileza foram esquecidas.

Um operário da construção civil esbarra acidentalmente em uma mulher na calçada e diz: Perdão. Ela rosna algo que não compreendo, e ele responde: Eu pedi perdão. Ela mostra o dedo do meio para ele e continua andando. Ele grita atrás dela: Eu pedi perdão! Sem se virar, ela grita: É tarde demais para pedir perdão. Tudo bem, ele grita. Retiro o que disse. *Eu não quero o seu perdão, porra.*

Que confusão.

Um bate-boca em uma mesa só com mulheres, uma delas conta a história de outra que, em resposta aos assobios de um par de homens, enfiou a mão na calcinha, puxou o absorvente interno e jogou neles.

Fui a única que achou que ela não devia ter feito aquilo.

Ela tinha o direito de se defender, disseram as outras.

De acordo com Bachmann, o fascismo é o elemento principal na relação entre um homem e uma mulher.

Exagero.

Como a afirmação de Angela Carter de que, enquanto atrás de cada grande homem há uma mulher dedicada à grandeza dele, atrás de cada grande mulher está um homem dedicado a derrubá-la.

Ainda assim.

Você escreve romances femininos, correto?, perguntou o romancista a uma colega.

Ah, em que área mais pantanosa caímos agora.

"Três caminhos para o lago", conto de Bachman presente na coletânea *Simultan* (*Simultaneamente* em alemão, língua materna da escritora), publicada em 1972, um ano antes de ela morrer em decorrência das queimaduras sofridas em um incêndio. Cinco contos. Cinco mulheres, cada uma delas padecendo de alguma forma de perturbação emocional, cada uma delas se sentindo aprisionada, isolada, ansiosa e confusa em relação ao seu lugar na sociedade patriarcal e lutando por uma linguagem que expresse o que está enfrentando.

George Balanchine disse: Se você puser um grupo de homens no palco, terá um grupo de homens, mas, se puser um grupo de mulheres, terá o mundo inteiro.

Se você puser um grupo de mulheres em um livro, terá "ficção feminina". E ele será ignorado por quase todos os leitores do sexo masculino, bem como por não poucas leitoras.

Quando Bachmann, que desde cedo era reconhecida por sua poesia, passou a publicar contos, eles foram rejeitados pelos críticos como sendo *Frauengeschichten*, histórias sobre assuntos banais e insignificantes, preocupações femininas de possível interesse apenas para outras mulheres. (A própria Bachmann inicialmente imaginou o livro como uma espécie de homenagem às mulheres de sua Áustria natal.)

Mais ou menos na mesma época em que a coletânea de Bachmann foi publicada, Elizabeth Hardwick, em um romance em andamento, escreveu: Você conhece uma mulher feliz?

Os homens que assobiaram eram policiais à paisana. Eles prenderam a mulher. Esqueci como a história dela termina.

— • —

Aprendi que existe uma palavra, *onsra*, em bodo, idioma falado pelo povo Bodo em algumas regiões do nordeste da Índia, que é usada para descrever uma emoção pungente experimentada quando uma pessoa percebe que o amor que partilha com outra está fadado a não durar. Essa palavra, que não tem equivalente no inglês, foi traduzida como "amar pela última vez". De maneira inexata. A maioria dos anglófonos provavelmente entenderia "amar pela última vez" como ter, enfim, encontrado o amor verdadeiro e duradouro. Por exemplo, como na canção composta por Carole King chamada "Love for the Last Time". Quando soube dessa tradução de *onsra*, porém, achei que significasse algo totalmente diferente. Achei que significasse ter experimentado um amor tão opressor, tão violento e profundo que você nunca mais poderia amar novamente.

— • —

Jamais gostei do gênero de ficção escrita por mulheres conhecido como romance feminino, mas sou fascinada por histórias de mulheres apaixonadas, sobretudo quando o amor é, de alguma maneira, não convencional ou especialmente difícil, até mesmo desesperador ou abertamente insano. *Mulheres vivendo um estranho amor* poderia muito bem ser o título de uma coletânea de contos assim.

Considere, por exemplo, o amor da pintora Dora Carrington pelo escritor Lytton Strachey. Não importava saber que ele era gay (não importava que uma vez ele tivesse pedido Virginia Woolf em casamento) ou treze anos mais velho que ela. Um escândalo desde o início, a história deles se tornou lendária. Na verdade, não foi por sua pintura, mas por seu amor infinito e desesperado por Strachey, como isso moldou sua vida, como isso causou sua morte, que Carrington ficou conhecida (esse tipo de história sobre uma mulher). Por dezessete anos, foi devotada a ele. Nem mesmo o casamento dela com outro homem pôde separá-los; os três tiveram de morar juntos. Mas então o homem com quem se casou não era o objeto de desejo dela, mas *dele*. Tendo concordado com o casamento, ela escreveu uma carta comovente a Strachey, lamentando o destino que impossibilitou que os dois se tornassem marido e mulher. Então os três foram para Veneza passar a lua de mel juntos.

Quando Strachey morreu de câncer no estômago, Carrington sobreviveu menos de dois meses até atirar em si mesma. *No estômago.* Tinha pouco menos de trinta e nove anos. Não foi sua primeira tentativa de suicídio. "Não há mais nada para eu fazer", dissera aos Woolf no dia anterior. "Fiz tudo por Lytton."

Ela não tinha arma em casa, então foi até o vizinho e pegou uma emprestada, como se fosse uma xícara de açúcar. Uma arma para matar coelhos. ("Como um pequeno animal abandonado" foi a última impressão de Virginia

Woolf sobre ela.) A arma errada para o serviço, ao que parece: ou seja, uma morte longa, lenta e dolorosa.

D. H. Lawrence, tão obcecado pelo assunto — e tão confiante em sua autoridade sobre ele —, autor de um romance inteiro chamado *Mulheres apaixonadas*, acusou Carrington de odiar homens "reais". Uma das mulheres apaixonadas do romance é uma caricatura: a bonita e aparentemente inocente Minette *Darrington* é, na realidade, uma pervertida profundamente lasciva. E não uma artista como fora Carrington, mas (para piorar a situação) a modelo de um artista.

Em um conto escrito muitos anos depois, outra caricatura que Lawrence parece ter baseado em Carrington é estuprada por uma gangue e comete suicídio.

VI

Fui novamente visitar minha amiga. Os tratamentos foram malsucedidos. Os tumores se espalharam. Ela estava de volta ao hospital.

Reservei o mesmo quarto em que ficara antes.

Como você verá, minha anfitriã me escreveu na mensagem, nossa família tem um novo integrante! Um gato jovem, com olhos cor de *bourbon*, pelagem cinza-prateada brilhante.

Não devia ter deixado meus netos escolherem o nome dele, disse ela. Agora ficou marcado como Meleca.

Um gato resgatado. Eles o encontraram preso em uma caçamba, disse ela. Desidratado demais e só pele e osso. Não acharam que sobreviveria. Mas olhe para ele agora!

Sete vidas, disse eu, pensando na minha amiga. *Desidratada demais. Só pele e osso.*

Ela estava com raiva, a minha amiga. Estava com muita raiva, queria destruir tudo à sua volta, disse ela. Não de Deus. Não estava com raiva de Deus, claro que não, pois não acreditava em Deus. E certamente nem do médico, ela adorava seu oncologista, a equipe médica toda, eles haviam feito tudo o que podiam por ela e foram gentis. De quem, então? Dela mesma, respondeu. Meu primeiro instinto estava certo, disse. Eu devia ter obedecido a ele. Nunca deveria ter me submetido a toda aquela tortura, vômito, diarreia, cansaço, fadiga — *horríveis, horríveis* — e enfim...

Falsa esperança, disse ela. Eu nunca deveria ter cedido a falsas esperanças. Nunca poderei me perdoar por isso, disse. Pausa. *Nunca*: como se isso ainda significasse *um tempo longo*. E eis que aqui estamos, disse. E o que me resta? Meses, talvez. No máximo, um ano. Mas provavelmente não tudo isso. Estou tentando não entrar em pânico, disse ela. Estou tentando manter a calma. Não quero sair por aí chutando e gritando. *Ah, não, eu não! Eu não!* Cega de raiva, afogada em autopiedade. Quem quer morrer assim? Meio louca e com medo.

Por outro lado, não se engane, disse: não era uma pessoa estoica. Não queria passar por uma dor excruciante. A dor era algo que a aterrorizava. A dor era a coisa que mais a apavorava. Porque você não pode exercer o autocontrole se estiver agonizando, disse ela. Com esse tipo de dor, ninguém consegue pensar direito, a pessoa é um animal desesperado, só é capaz de pensar em uma coisa.

Tampouco era velha e frágil, disse. Por toda a vida, cuidou da saúde, mas agora estava pensando que todo aquele cuidado, todos aqueles exercícios físicos regulares e alimentação saudável só tornaram as coisas mais difíceis. O médico falou que meu coração está forte, disse ela. E se isso significar que meu corpo continuará tentando lutar, que terei de sofrer sem parar até o último suspiro?

Foi assim com meu pai, contou. Os médicos lhe haviam dado dias, que se tornaram semanas; ele foi aguentando e, na época em que morreu, estava completamente louco. Uma morte terrível, disse. Desumana. Ninguém deveria morrer desse jeito.

Como uma pessoa deveria morrer?, disse. Entreguem a ela um guia para leigos. Ah, esqueça os livros, ela não queria ler nada, não queria fazer *pesquisa*, disse. Era engraçado, disse, por um tempo era *isso* que eu queria, ou achava que queria, me *instruir*, da maneira como fiz com o câncer, para descobrir o máximo que pudesse, Deus sabe que aprendi bastante, e parte disso foi muito interessante, até mesmo fascinante, eu mergulhei nisso e, ao ler, esquecia o que estava lendo, se é que isso faz algum sentido, quer dizer que às vezes eu estava tão absorta no material que esquecia *por que* o estava estudando, e não seria exatamente isso o maravilhoso da leitura, como ela leva a pessoa para fora de si? Mas tudo mudou, disse. Não desejo ler sobre morrer ou sobre morte, o que as grandes mentes, o que os filósofos têm a dizer sobre isso, você poderia me contar que a pessoa mais inteligente do mundo acabou de escrever o livro mais brilhante sobre o assunto, e eu nem chegaria perto dele. Não me importo. Assim como não desejo escrever sobre o que estou enfrentando. Não quero gastar meus últimos dias na mesma luta, a luta para encontrar as palavras certas — a maldição da minha vida, agora que paro para pensar nisso. O que me surpreendeu, disse ela, porque, a princípio, pensei *é claro* que devo escrever a respeito, e eu escreveria a respeito, meu último livro sobre as últimas coisas, ou *a* coisa, *a coisa admirável*, para citar Henry James. Pensei que não seria impossível *não* escrever sobre isso, disse minha amiga. Mas logo mudei de ideia. Mudei de ideia, repetiu, e sei que não mudarei de novo. A ideia de escrever sobre o que estou enfrentando me deixa doente, disse. Não que eu já não esteja doente, literalmente falando, muito doente, falando muito literalmente, que pensamento, disse, rindo. Veja, lá vou eu de novo com a porra das palavras. Mas o meu ponto, continuou, é que já deu. Já usei a linguagem o suficiente. Estou doente de escrever, doente de procurar as palavras. Eu já falei o suficiente... já falei demais. Gostaria de... minhas palavras fazem algum sentido?

Assegurei-lhe que faziam e que ela deveria continuar.

Decidi que vou escrever sobre isso apenas se descobrir algo novo a contar, disse ela. O que não vai acontecer.

Uma boa morte, continuou. Todo mundo sabe o que isso significa. Livre de dor ou pelo menos sem convulsões agonizantes. Saindo com elegância, com um pouco de dignidade. De maneira limpa e seca. Mas com que frequência isso acontece? Não muita, na verdade. E por que isso? Por que isso era pedir demais?

Ela disse: Sua vez de falar. Não aguento mais ouvir minha voz.

Assim como na minha última visita, tentei papear sobre assuntos corriqueiros, livros que li, filmes que vi, mas continuavam os momentos em silêncio, nos quais ela se tornava agitada e voltava a falar sozinha.

Sabe quem veio me ver ontem?

Ela mencionou alguém que eu conhecia apenas de nome, mas que era um bom amigo dela desde a faculdade de jornalismo. Ele foi demitido do jornal e do cargo de professor poucas horas depois de ter sido acusado de meia dúzia de episódios de má conduta sexual, incluindo um caso com uma professora-assistente.

Ele sempre foi assim, disse ela. Como aquela piada de mau gosto sobre Harvey Weinstein: saiu do útero apalpando a própria mãe. Já era um velho assanhado quando tinha vinte e poucos anos. Era daqueles: sempre cobiçando e babando, incapaz de manter as mãos recolhidas. Bem, eu não sabia o que falar para ele, disse minha amiga. Em um piscar de olhos, a vida é destruída. Ele até pensou em suicídio, minha amiga contou que tal homem havia confessado a ela. Imagine, ele sentou-se bem aí onde você está e falou que poderia muito bem acabar com tudo, e então se recompôs e começou a implorar meu perdão por ser um idiota tão insensível, e *então* — minha amiga levantou a voz nesse ponto — ele começou a chorar. Falei que estava tudo bem, disse ela, porque não aguentava ficar aqui ouvindo ele chorar e se desculpar, mas, meu Deus, você sabe, não estava tudo bem, podia estar qualquer coisa, menos tudo bem, disse enfaticamente minha amiga.

Essa é a única coisa que não vou tolerar, continuou. *Sinta-se* mal por mim, mas nada de choramingar ou balbuciar na minha frente. Não vou permitir, disse ela. Agora, lamento ter confidenciado isso a ele. Mas ele é um velho amigo, sabe, e até agora não contei a muitas pessoas. E, na verdade, isso é algo em que preciso começar a pensar, não é?, perguntou retoricamente minha amiga: A quem devo contar e como devo proceder ao contar. E, mais importante, quem eu quero ver. Há muito em que pensar. Fiz uma lista. Tenho que me despedir das pessoas, sabe. Tenho que... Devo dar uma festa? Estou falando sério! Devo fazer um comunicado no Facebook? Já vi pessoas fazerem isso. Faz sentido, é claro, mas, para mim, parece tão bizarro. Não tenho certeza se conseguiria fazer isso. Eu disse que ela não precisava resolver tudo isso em um dia. Perguntei se já havia pensado em como — se é que ela realmente tinha certeza de que não escreveria mais — pretendia dedicar seu tempo após deixar o hospital. E onde. Havia algum lugar ao qual ela quisesse ir, eu quis saber, ciente de que viajar estava, para a maioria das pessoas, no topo da lista de coisas para fazer antes de morrer a *bucket list*, expressão à qual já a ouvi objetar veementemente muito antes de seu diagnóstico: Não poderiam ter inventado um termo ainda mais feio do que esse?

Ela não sabia, respondeu. Acenou com a mão frouxa. É um paradoxo do qual me dei conta, disse ela. Sei que estou morrendo, mas, quando fico aqui pensando, sobretudo à noite, muitas vezes é como se eu tivesse todo o tempo do mundo.

Essa deve ser a eternidade, eu disse sem verbalizá-lo.

A proximidade da eternidade, ela concordou silenciosamente.

Às vezes, até me pego desejando que as horas passem um pouco mais rápido, que o dia termine mais cedo, disse ela. E completou: Por incrível que pareça, fico entediada com frequência.

Como você vai superar isso?, pensei.

Eu realmente não sei, ela pensou de volta.

Não seria incrível, ela me disse, se a morte se revelasse um tédio?

Seu telefone tocou: a filha. O avião dela havia pousado, estaria lá em breve. Havia algo que ela pudesse comprar para a mãe no caminho?

Aproveitei a interrupção para tentar acalmar as emoções, respirando profundamente.

Ah, olha, disse ela. Através da janela do hospital, era possível ver que começava a nevar, e, por causa do pôr do sol, a neve tingia-se com o cor-de-rosa do crepúsculo.

Flocos de neve cor-de-rosa, disse ela. Ora. Vivi para ver isso.

— • —

Ele ainda é um filhote, disse minha anfitriã, em um tom que insinuava um orgulho enorme do gato por isso. Ele pode ser bem indisciplinado e travesso e tende a vagar à noite. Procure deixar a porta do quarto bem fechada para que ele não a incomode.

O mesmo livro policial no alto da pilha sobre a mesa de cabeceira.

O assassino faz amizade com uma mulher que conhece em um bar, uma jovem atriz que veio do Meio-Oeste para a cidade grande na esperança de se tornar uma estrela da Broadway. Embora o considere taciturno e irritantemente reservado, nem sequer suspeita de seus crimes. É por intermédio dela que ele começa a realizar o sonho de "obter mais cultura". Ela lhe empresta livros e o leva para ver filmes de arte e exposições em museus. E, mais importante, ela o faz gostar de discoteca. É a época do filme *Os embalos de sábado à noite*. O assassino mostra-se um dançarino espetacularmente bom, que logo se consagra como o rei das pistas. Quando a mulher o encoraja a estudar dança, ele mergulha de cabeça nisso, tendo aulas seis vezes por semana, progredindo com tanta rapidez que passa a pensar seriamente em uma carreira profissional. Agora, sua vida toda é transformada. Ele nunca foi tão feliz. Mas, quando uma tendinite severa o força a parar de dançar, fica arrasado. Com amargura, reflete que, por maior que seja seu talento, por maior que seja sua dedicação, por ter começado a treinar tarde demais nunca terá a chance de ser famoso.

O assassino pensa muito em John Travolta. Acontece que ele e Travolta têm diversas coisas em comum: fazem aniversário no mesmo dia, têm exatamente a mesma altura e o mesmo peso, vêm de um subúrbio perto de Manhattan, ambos ganharam um concurso dançando *twist* quando criança, o pai de cada um deles jogava futebol americano. Mas as mães não poderiam ser mais diferentes. A de John, atriz e cantora, o encorajou a seguir carreira artística, responsabilizando-se por sua formação inicial. Agora, ainda pior que a dor nas pernas, a seguinte pergunta atormenta o assassino: Que tipo de vida poderia ter tido se *ele* tivesse uma mãe como a de John Travolta?

Cada vez mais o tempo do assassino é consumido por um estado de raiva contra o astro. A voz "efeminada" de Travolta cantando "Summer Nights" gruda em sua cabeça, enlouquecendo-o. Dê a ele uma oportunidade e matará John Travolta.

Em vez disso, mata um colega do curso de dança, seguindo-o até sua casa, no Brooklyn, uma noite após a aula. Também estrangula por impulso uma colega depois de fazerem sexo no Riverside Park.

A polícia falha em conectar os quatro homicídios até então cometidos pelo assassino. Enquanto os policiais permanecem frustrados em suas investigações independentes, ele continua a sair com a atriz incauta (agora começando a ter algum sucesso na cidade grande) e com seu círculo de jovens amigos artistas.

O gato entrou com suas patas silenciosas. Só o notei no momento em que pulou na cama. Seus bigodes me fizeram cócegas ao cheirar meu rosto. Mais cedo, ele havia se deitado junto à lareira. Existe algo mais *hygge* do que deitar perto de um gato que ronrona alto e cujo pelo quente cheira a fumaça de lenha, observando-o amassar pãozinho no edredom?

Fechei o livro e apaguei a luz.

Eu tinha uma casa decente, disse o gato, suas palavras abafadas pelo ronronar, mas ainda audíveis. Não estou dizendo que era luxuosa. Mas eu tinha comida e água fresca todos os dias, além de uma cama seca, e naquela época eu não conhecia nada melhor. Nasci dentro de uma gaiola em um abrigo, acrescentou. Eu nunca soube quão doce, com o humano certo, a vida poderia ser, especialmente quando o humano é uma mulher de certa idade vivendo sem um companheiro. Fui adotado para ser um caçador de ratos, não um animal de estimação, disse ele, e minha primeira casa não era uma casa bonita como esta, não era nem mesmo uma casa, mas uma loja, uma loja de conveniência perto da rodovia, administrada por um velho em uma cadeira de rodas com esposa e filho.

Eu fazia meu trabalho, disse o gato, mantinha os ratos distantes e, em troca, tinha minha cama — na verdade, não passava de uma caixa de papelão com uma toalha de banho velha dobrada dentro dela —, e minha tigela estava sempre cheia de ração, e, bem, essa era minha vida, meu mundo inteiro. As pessoas não eram más do jeito que costumam ser, mas também não eram, nem de longe, gateiras, disse o gato, e depois que cometi o erro de pular no colo do sujeito um dia, enquanto ele circulava pelos corredores com sua cadeira e me viu aterrissar nas caixas de cereal, mantive distância. É estranho como é ampla a gama de reações humanas dirigidas à nossa espécie, disse o gato. Para alguns, somos tão preciosos quanto pequenos humanos, para outros, não somos muito superiores às plantas, e há ainda os que acham que não passamos de vermes imundos, sem mais direitos ou sentimentos do que um graveto.

Havia muito vaivém nas longas horas em que a loja estava aberta, disse o gato, mas eu costumava ficar quieto no fundo, e era raro alguém me notar. E, embora eu percebesse todos eles, quase não me interessava olhar acima de seus joelhos. Pois a verdade é que não somos tão curiosos quanto se costuma achar, pelo menos no que diz respeito aos humanos estranhos, que, afinal, não diferem tanto uns dos outros. Nos primeiros dias depois que cheguei, pensei muito em minha mãe (por acaso, fui o último filhote a ser adotado e, por alguns dias abençoados, eu a tive só para mim), sentia falta dela e, ah, chorei por ela. Mas eu sou um gato, disse o gato, e logo me adaptei à nova realidade.

Quando vim para cá, para esta casa, no entanto, depois de tudo o que passei — incluindo uma segunda estada no abrigo, onde não havia mais vestígio de minha mãe, nem mesmo o cheiro dela —, eu poderia muito bem ser um recém-nascido de novo, pois me sentia tão desamparado, disse o gato, tão insignificante e assustado. E quando esta senhora passou a tomar conta de mim, com suas tigelas de leite quente, banhos de pano umedecido e pilhas de roupas de cama limpas e macias, e a maneira como ela ficava por perto enquanto eu investigava cada novo cômodo, lembrei como era ter uma mãe e soube que tinha encontrado uma segunda.

Aconteceu no meio da noite, mas felizmente a loja ainda estava aberta, continuou o gato (que havia parado de ronronar). O filho estava sozinho no balcão e eu dormia na minha caixa quando uma fumaça começou a sair do porão. Nós dois saímos de lá em um *flash* — não que ele tenha pensado em mim, mas eu estava em seus calcanhares quando ele passou chispando pela porta. Atravessei correndo a rodovia e me agachei, sem saber o que fazer. Quando os caminhões de bombeiros chegaram, foi demais para mim — as sirenes fizeram meus ouvidos zumbir por vários dias —, então corri sem parar, até ficar muito cansado para continuar correndo. Fazia muito frio naquela noite, disse o gato, e eu não estava acostumado a ficar ao ar livre. Perdi a sensibilidade nos ouvidos e nas patas — tinha medo de que permanecessem assim para sempre! Rastejei sob uma varanda, onde me senti mais seguro, ou pelo menos mais aquecido. Quando amanheceu, voltei para casa e vi que não era mais um lar, apenas destroços carbonizados, encharcados e fedorentos. A porta da frente estava trancada com corrente e cadeado. Não havia nem sinal da minha gente.

Fiquei sentado, atordoado, lembrou o gato, sem saber o que fazer. Carros passavam, alguns diminuindo a velocidade a ponto de as pessoas ficarem boquiabertas, mas ninguém parou no estacionamento nem me notou. Por ser pequeno e cinzento, disse o gato, sou fácil de passar despercebido. Então vi duas bicicletas se aproximando. Ciclistas que eu já conhecia. Garotos maus, encrenca em dobro, que, muitas vezes, matavam aula e, em mais de uma ocasião, quando somente o velho estava na loja, roubaram barras de chocolate ou batatas fritas e zombaram da raiva impotente dele antes de fugirem.

Como deixei que me pegassem é uma história vergonhosa, disse o gato. Lembre-se, porém, de como eu estava faminto e talvez entenda o que senti quando um deles aproximou e afastou de mim um embrulho de papel-alumínio que, mesmo a distância, cheirava divinamente a carne. Em meu estado de fraqueza, foi fácil para ele me agarrar pela nuca. O outro segurou meu rabo, e, depois de me balançarem, o tempo todo gritando e gargalhando como demônios, eles me carregaram até a caçamba nos fundos da loja. Depois de me jogarem e fecharem a tampa, chutaram e bateram nas laterais, até que, por fim, ficaram entediados e se mandaram.

Lá me sentei no fundo daquela lata escura e úmida, que estava vazia, mas pegajosa de sujeira, disse o gato. Não conseguia parar de tremer. O que aconteceria em seguida? Os brutos voltariam para acabar comigo? E, se não voltassem, como eu sairia dali? Comecei a gritar, tornando minha voz a mais forte possível, disse o gato, e alta de verdade ela soava para mim naquele vazio, mas ninguém ouviu, ninguém veio, e logo eu não tinha mais voz para gritar. Mesmo assim, continuei abrindo e fechando a boca em um miado silencioso, como nós, gatos, fazemos quando estamos em desespero.

Devo ter pegado no sono algumas vezes, disse o gato, mas o frio e as pontadas de fome e sede me mantiveram quase sempre acordado. Acordado, mas não alerta. Minha mente mal se mantinha sob meu controle, eu me sentia escorregando para uma escuridão e um frio cada vez mais profundos — então ouvi uma voz.

Puta merda, um rato.

Ao olhar para cima, vi o céu azul e a silhueta de uma cabeça grande contra ele. Uma segunda cabeça apareceu, e então se ouviu uma voz diferente: Isso aí não é um rato, idiota, é um gato. Nossa, disse a primeira cabeça. Vamos tirá-lo daí. Não, rebateu o outro. Está com cara de doente. Pode ter raiva. Vamos chamar a Sociedade Protetora dos Animais para que cuidem dele. E então, disse o gato, que ronronava de novo, me vi de volta ao abrigo. E, um dia, depois de ter sido tratado e ter recuperado a saúde, alguns cães e gatos e eu fomos carregados para um ônibus e levados a um shopping center.

Chame isso de sorte de principiante: meu primeiro dia de Resgate um Bichinho e já fui adotado. A melhor coisa teria sido reencontrar minha mãe, que era o que eu esperava. Mas, se não fosse isso, a segunda melhor coisa seria esta senhora. Ela é minha segunda mãe, disse o lindo gato de olhos cor de *bourbon* e pelagem cinza.

Ele me contou muitas outras histórias naquela noite — aquele gato era uma verdadeira Xerazade —, mas esta foi a única de que me lembrei pela manhã.

VII

Fui visitar minha vizinha, uma senhora de oitenta e seis anos que morava sozinha em um apartamento no andar térreo do nosso prédio desde que o marido morreu, há vinte anos. Essa mulher trabalhou como assistente administrativa em alguma divisão da prefeitura. Depois de se aposentar, conseguiu um emprego como caixa em uma drogaria local, mas odiava ficar em pé por horas a fio, então pediu demissão poucos meses depois. Além de ter trabalhado como babá quando menina, esses dois empregos, de assistente administrativa e caixa de drogaria, foram os únicos que teve na vida. Na primeira vez que a visitei, eu a deixei chocada ao listar todos os empregos que tive desde que saí da faculdade, alguns dos quais tive dificuldade para lembrar. Mas o que a chocou ainda mais foi eu ter contado que nunca havia me casado e que não tinha filhos. Que isso tenha sido uma escolha, em vez de algum tipo de maldição, ela não aceitava.

Tem um filho que mora em Albany e a visita uma ou duas vezes por mês, geralmente aos domingos, sempre sozinho. Ele e a mulher estão divorciados. Ele tem vários filhos e netos, mas nenhum deles vem visitar a velha senhora, que, por se recusar a viajar, nunca os vê. Ficou só o filho, dirigindo um ou dois domingos por mês de Albany, onde trabalha como contador em uma firma de advocacia.

Nessas visitas, ele às vezes levava a mãe para passear. Eu os encontrava no caminho para o teatro ou o cinema, ou os via através da janela do restaurante chinês do bairro. Ela tem pouco mais de um metro e meio de altura, com uma corcunda que força seu queixo a quase encostar no esterno. Por mais frágil que ela seja, isso lhe dá um aspecto um tanto robusto e até ameaçador, como uma espécie de animal que dá cabeçadas. Ela precisa apertar os olhos ao se dirigir a alguém que não seja uma criança pequena, de uma maneira que parece dolorosa. Seu filho é um homem esguio que, para acompanhá-la enquanto ela anda e fala, precisa dar passos curtos e se arquear para o lado como um salgueiro. De longe, parecem mais pai e filho obeso do que mãe e filho. Mas hoje não os vejo mais andando e conversando porque o homem já não consegue fazer a mãe sair. Por um tempo, foi capaz de persuadi-la a ir, pelo menos, até um dos bancos do pátio do prédio. Mas ela não conseguia ficar parada. Incomodava-a ser vista por qualquer pessoa que olhasse pelas janelas dos apartamentos voltados para o pátio. Não importava que fossem seus vizinhos. De certo modo, vizinhos ou não, quase todos lhe eram estranhos. Desde que mora no prédio — há mais tempo do que qualquer outro morador, ao que parece —, ela não tem amigos aqui. Teve alguns ao longo dos anos, mas eles se distanciaram ou, assim como seu marido e quase todos os amigos que já teve, morreram.

Esse tipo de medo — o medo de ser vista, observada ou espionada — começou a consumir a mulher cada vez mais. Pior ainda era o medo de ser enganada ou trapaceada.

Parte disso se deve à idade, o filho me falou. Todo mundo sabe que pessoas velhas podem ser paranoicas. Mas ela não é louca de achar que está sendo perseguida. O telefone da mãe toca o dia todo, disse ele (referindo-se ao telefone fixo, pois ela nunca teve celular), e é sempre um golpista após o outro. Todo mundo recebe esse tipo de ligação, mas, depois de uma certa idade, é como se a pessoa se tornasse um alvo gigantesco. Ela fica confusa com a rápida abordagem e se assusta, sobretudo quando a chamam pelo nome. Como sabem seu nome? Como conseguiram seu número? É claro que entende o que essas pessoas estão tramando e que precisa ficar atenta. Mas vive com medo de que, de um jeito ou de outro, um desses vigaristas consiga ludibriá-la. Ultimamente, anda obcecada por uma história que ouviu no noticiário, sobre uma mulher que se sentia tão envergonhada por ter deixado alguém roubar suas economias que se matou. Parece que aquela pobre senhora estava com medo de que, quando sua família descobrisse a estupidez que havia feito, a declarasse incompetente e tirasse sua liberdade.

Agora, esse é o maior medo da minha mãe, explicou o homem. Tudo o que tenho a fazer é dizer as palavras *residência assistida* e ela ameaça me deserdar. E, para a idade dela, está indo muito bem sozinha.

Essa conversa — a primeira que tivemos — ocorreu há alguns anos, em um banco no pátio do prédio. É algo que nunca faço, sentar-me no pátio, mas, sem querer, eu tinha deixado algo queimar no forno e estava esperando o apartamento arejar. Ele tinha vindo visitar a mãe e saiu para um cigarro. Era um dia quente e seco de verão, havia sombras densas das árvores do pátio, a treliça de rosas estava em flor e o ar recendia tão doce quanto pode ser o ar da cidade. Fazia muito tempo que não ficava perto de alguém fumando, e, em vez de ser desagradável, o cheiro me encheu de nostalgia. Carros lotados de adolescentes, noitadas universitárias, drogas, rock, bebidas, sexo. Não me incomodaria se ele tivesse soprado a fumaça bem na minha cara em vez de, deliberadamente, por cima do ombro.

O dia de sua mãe era uma enxurrada de interrupções, disse ele. Parabéns, ela acabou de ganhar um sorteio. Ela se hospedou recentemente em determinado hotel (na verdade, ela se hospedou em um hotel uma vez na vida, em sua lua de mel, há mais de seis décadas) e agora pode receber uma recompensa. O presente de agradecimento de um amigo anônimo está esperando por ela. O dispositivo especial de salvamento que ela encomendou está pronto para ser enviado. Ela tem direito a uma viagem gratuita, um novo cartão de crédito, um empréstimo pré-aprovado, um pacote personalizado de bem-estar, um sistema de segurança doméstica gratuito. Para proteger sua conta bancária, ela deve verificar suas informações pessoais. Um neto precisa de dinheiro para sair da prisão; outro foi sequestrado e está sendo mantido como refém. E quanto ao serviço "Não Me Perturbe"?, perguntei, e o homem deu de ombros. Ele registrou o número da mãe, mas o volume de chamadas permaneceu praticamente o mesmo. Quando perguntei por que ela não usava identificador de chamadas, ele sorriu. Ela tem identificador de chamadas, disse. Mas é como se ela não pudesse resistir. O telefone toca, mamãe precisa atender. Ela quer saber quem é! Além disso, não é algo racional, mas ela achará que está amaldiçoada se deixar que pessoas más a forcem a se esconder do próprio telefone. E, quando não se trata de uma ligação automática, mas há uma pessoa real na linha, embora eu a tenha alertado para nunca falar com ninguém, ela, às vezes, o faz. Começa a interrogar a pessoa. Como sabe o nome dela? Como conseguiu seu número? Ou decide brincar um pouco, sabe, interpretando a doce velhinha gagá. Se a pessoa pede seu número do seguro social, ela responde: Claro, querida, tem uma caneta? É um dois três, quatro cinco, seis sete oito nove. Quando alguém lhe falou que tinha sequestrado um de seus netos, ela disse: Tudo bem, eu tenho outros, nunca gostei desse aí mesmo.

Ao ouvir aquilo, passou pela minha cabeça que a mulher, sozinha o dia todo no apartamento, poderia realmente gostar desses telefonemas, que eles podiam ser mais um tipo inofensivo de entretenimento do que um problema para ela. Lembrei-me de outra vizinha, também uma viúva idosa que morava sozinha, a qual batia regularmente na minha porta para reclamar do barulho — o que me deixava perplexa, porque eu não estava fazendo barulho algum —, até que percebi que era outra coisa. Algo terrível estava acontecendo com ela. Era preciso prestar atenção.

Às vezes ela tenta regenerá-los, disse o homem. Eu a ouvi fazer isso. Ela começa dando um sermão, perguntando por que querem prejudicar pessoas inocentes, por que não largam essa vida e arrumam um emprego honesto. E até se convenceu de que teve algum sucesso. No mês passado, ela me contou sobre um sujeito que lhe disse que realmente sentia muito pelo que tinha feito e prometeu nunca mais fazer isso.

O homem riu, e ri com ele. Tinha terminado de fumar seu cigarro, mas, em vez de voltar e ficar com a mãe, continuou sentado no banco, falando. Ocorreu-me que ela devia estar se perguntando por que demorava tanto, mas ele não parecia preocupado. Eu não fiquei totalmente surpresa quando tirou outro cigarro do maço e acendeu.

Eu me preocupo com o fato de ela se tornar mais vulnerável, disse ele. Quanto mais velha, mais esquecida, e coisas acontecem. Sua escova de dentes acaba na geladeira, tem dificuldade em manter os netos na linha. E, afinal, pessoas muito mais jovens e inteligentes do que ela são enganadas diariamente.

Pensei em um amigo cuja mãe está em uma casa de repouso. Cada vez que a visito, ele me contou, ela fala algo sobre como talvez agora eu encontre uma boa garota e sossegue. E, toda vez que ela fala isso, digo: Não, mãe, eu sou gay, lembra? Isso vem acontecendo há anos. Toda vez que meu amigo encontra a mãe, tem de repetir a frase.

É tão deprimente, continuou o homem no pátio. Como se já não acontecessem coisas ruins o suficiente com as pessoas velhas. Em que sociedade tóxica vivemos. E não são apenas uma ou duas maçãs podres. Parece que hordas de pessoas estão lá fora prontas para atacar os mais fracos. Não entendo isso. Como esses vigaristas se sentem quando arruínam a vida de uma pessoa pobre? Como podem aproveitar aquilo com que gastam o dinheiro da vítima? Festejando na miséria de outra pessoa — como essas pessoas podem se olhar no espelho? O que dizem a si mesmas?

Falei que achava que essas pessoas argumentariam ser apenas dinheiro, que não estavam realmente machucando ninguém, elas não eram realmente más como assassinos, estupradores ou molestadores de crianças. Falei que, provavelmente, cada uma poderia citar uma época em que elas próprias foram vítimas, quando sofreram algum tipo de dano — especialmente quando eram muito jovens para se defender. E quem se importou com elas naquela ocasião? Quem estava lá para cuidar *delas*? Falei que, provavelmente, poderiam citar uma dúzia de maneiras pelas quais haviam sido trapaceadas em algo que achavam que mereciam. Era um mundo competitivo. Era uma selva. Era cada um por si. Viva com isso.

Era minha opinião sobre o que essas pessoas diziam a si mesmas.

O homem me olhou de lado. Isso é profundo, disse com apenas um toque de zombaria. Você é psicóloga?

Respondi que era escritora.

Interessante, murmurou, seu olhar distraidamente traçando o caminho da fumaça do cigarro.

Pensei no filme de Hitchcock sobre um homem conhecido como o Assassino da Viúva Alegre. Tio Charlie fulminando velhas viúvas ricas — "animais gordos e ofegantes" que, segundo ele, não tinham direito a todo o seu dinheiro. "O que acontece com os animais quando ficam muito gordos e velhos?" Para ele, suas vítimas *mereciam* ser abatidas.

Desde que a mãe parou de sair, o homem providenciou entregas regulares de mantimentos e outros produtos na porta dela e alguém de um serviço de limpeza para fazer faxina uma vez por semana. Certas coisas, entretanto, não eram limpas havia muito tempo. As janelas, por exemplo. Isso eu descobriria quando começasse a visitar a mulher, o que nunca teria acontecido se eu não tivesse conversado com seu filho naquele dia no pátio.

Depois do furacão Sandy, quando nosso prédio ficou sem energia por vários dias, ele ficou fora de si pensando nela sozinha no frio e na escuridão. Pelo menos os telefones fixos estavam funcionando. Mas, disse ele, na próxima emergência — e sempre haveria uma próxima —, quem sabe o que poderia acontecer. Por anos ele tentou fazer com que ela se mudasse para o interior do estado, mas ela não se mexia. Mamãe sempre foi um pouco teimosa, disse ele. Mas, agora, sem chance. Seria como mover o Rochedo de Gibraltar.

Devo dizer que isso ocorreu em uma fase ruim da minha vida, quando o lado da balança das coisas para ser infeliz parecia mais pesado que o lado das coisas para ser grata (após ouvir como pode ser útil para o bem-estar emocional de uma pessoa, comecei a manter sempre uma lista de gratidão). Dizem que uma maneira de se elevar quando você está para baixo é fazer algo por alguém. Não éramos totalmente estranhas uma para a outra, minha vizinha e eu. Também moro no prédio há muitos anos, e ela nem sempre foi reclusa. Houve um tempo em que, quando nos encontrávamos no saguão ou na sala de correspondência, trocávamos algumas palavras. Concordei em visitar a mãe desse homem de vez em quando e ver como ela estava em caso de emergência. Não achei que fosse pedir muito. Eu tinha feito o mesmo quando morava em outro prédio, com uma vizinha que, embora ainda jovem, tinha uma deficiência que a mantinha quase sempre presa em casa. Além disso, para ser sincera, eu esperava que, embora ainda tivesse que ser posta em prática, minha boa ação pudesse me ajudar a passar o resto do dia com mais sucesso do que eu tivera até então na cozinha, talvez até me ajudasse a concluir algum trabalho, a principal causa de minha depressão naquela época era não concluir nenhum trabalho havia algum tempo.

Depois de trocarmos contatos e de o homem me agradecer várias vezes, ele educadamente demonstrou interesse por mim. A que tipo de escrita me dedicava? Deixe-o adivinhar: romance.

Nesse momento, vindo de cima, pela janela aberta de um dos apartamentos do segundo andar, ouviu-se um barulho. Um grito. Um grito feminino. Ficamos ali sentados, momentaneamente calados, enquanto o grito se transformava em um gemido.

A cama devia estar posicionada debaixo da janela. E, tendo em vista que qualquer som naquele desfiladeiro de tijolos era muito ampliado (reclamação frequente dos moradores), poderia muito bem ter sido usado um microfone.

Juntos, sem dizer palavra, evitando o olhar um do outro, nos levantamos do banco e nos dirigimos à porta que dava para o prédio. Fiquei um pouco à frente dele, tentando não correr, enquanto os gemidos nos perseguiam, sem pausa, crescentes, rítmicos, estranhamente interrogativos: *É isso? É isso? É isso é isso é isso?* Então, assim que chegamos à porta: *Pare!*, ouvimos a mulher gritar. *Não! Não! Pare!*

Será que nos despedimos? Tudo o que me lembro agora é do homem recuado enquanto eu fugia escada acima em direção ao meu apartamento, onde bati a porta atrás de mim e me inclinei contra ela, com lágrimas nos olhos, o coração acelerado.

— • —

Imaginei que seria uma obrigação fácil de cumprir. Imaginei que ela gostaria de conversar, como é a tendência das pessoas, em especial das solitárias, que costumam falar muito até mesmo com completos estranhos, sobre coisas que não têm nada a ver com o ouvinte. Eu esperava que ela fosse falar sobre si mesma, sobre sua longa vida, suas memórias do passado, e eu nem teria que fingir atenção, porque a vida de outras pessoas e, especificamente, a lembrança de coisas passadas são uma fonte de interesse genuíno para mim. Acho que, em grande medida, é verdade o que certa vez ouvi de um famoso dramaturgo: que não existem seres humanos verdadeiramente imbecis, nem vidas humanas desinteressantes, e que qualquer um descobriria isso se estivesse disposto a sentar e ouvir as pessoas. Mas, às vezes, é necessário estar disposto a permanecer sentado por muito tempo. Agora, sempre me

O QUE VOCÊ ESTÁ ENFRENTANDO | 75

surpreende pensar em quando era adolescente e me lembrar de como meus amigos e eu não prestávamos muita atenção nos pais e avós uns dos outros. O que eles poderiam ter a dizer, essas pessoas comuns, a maioria das quais, se não fossem donas de casa ou aposentadas, saía todos os dias para trabalhar em empregos que, em nossa cabeça, não eram nem um pouco interessantes. Só mais tarde me ocorreu que essas pessoas viveram alguns dos eventos mais dramáticos do século. Atingiram a maioridade durante os períodos de instabilidade, suportaram todos os tipos de infortúnio, escaparam de condições angustiantes em países estrangeiros ou no extremo Sul dos Estados Unidos, ficaram desabrigadas durante a Depressão, lutaram em guerras mundiais, foram mantidas em prisões, sobreviveram a campos de extermínio. Passaram por algumas situações-limite nas quais a vida pode jogar uma pessoa, como os personagens dos filmes que víamos, mas, embora pudéssemos ter uma vaga ideia disso, com base nesses filmes, digamos, em comparação com o tipo de roupa ou maquiagem que suas amigas usavam, aquilo não nos provocava a menor curiosidade. Meus amigos e eu ouvíamos cada palavra um do outro, ficávamos paralisados pelas minúcias das experiências de nossos melhores amigos, não importando que fossem quase idênticas às nossas. Tive um colega de classe cujo pai havia trabalhado para J. Edgar Hoover, outro cuja mãe era enfermeira de pronto-socorro. Essas pessoas tinham *histórias* — o mesmo tipo de história que nos deixava extasiados na frente da TV noite após noite. Mas não teríamos sonhado em conversar com elas e, se tivessem começado a falar abertamente sobre si mesmas, morreríamos.

Mais tarde, porém, percebi que, mesmo entre elas próprias, com outros adultos, incluindo aqueles mais próximos a elas, a maioria dessas pessoas não estava nem um pouco ansiosa para falar sobre o passado, especialmente sobre as partes traumáticas. Quem queria lembrar? Quem queria ouvir? Apenas aqueles que são escritores, ao que parece, podem dizer o que aconteceu.

Não contada é uma boa expressão. Significa, logicamente, não revelada ou narrada. Mas, também, muito ainda a dizer. A história não contada de sua juventude. O sofrimento não contado. O ar nas casas dos idosos é sempre viciado, já notou? Mesmo quando as janelas estavam abertas, eu me sentia sufocada. Em geral à tarde, quando eu aparecia, ela fechava as cortinas, e a única luz da sala vinha da televisão, que parecia estar permanentemente ligada. Eu não queria que ela tivesse trabalho, então sempre levava café e muffins que comprava na cafeteria da esquina. Ela deixava claro que os apreciava, e eu me sentia grata pela maneira como eles forneciam alguma estrutura para essas visitas, algo para fazermos, algo para compartilharmos, e, assim que o café e os muffins terminavam, não era muito estranho usar esse motivo como sinal de que era hora de ir embora.

Ela era uma grande reclamona. Reclamava, principalmente, do nosso prédio: o lixo acumulado no porão, o zelador que demorava para consertar as coisas e cujo inglês ela tinha tanta dificuldade para entender, o barulho do salto alto da vizinha de cima ("em seu Jimmy Churros"), as crianças jogando bola no pátio. Estava particularmente irritada porque o cheiro da caixa de areia do gato de alguém às vezes atravessava a ventilação de seu banheiro. (Isso aconteceu uma vez quando eu estava lá; na verdade, era o cheiro de maconha que alguém estava fumando, mas não expliquei.) Ela se desvencilhava de perguntas sobre sua infância. Não gostava de se lembrar jovem, disse ela. Isso apenas a fazia se sentir velha. Sobre minha vida, não tinha curiosidade. Eu era solteira, não tinha filhos: *Que* vida? Depois que terminou de reclamar do prédio, passou para o mundo em geral, seus sentimentos sobre ele poderiam ser resumidos em cinco palavras: *indo de mal a pior*.

Era verão de novo e viajei, tinha algumas atividades a fazer e, ao voltar, seis semanas depois, soube que, enquanto estive fora, ela havia sido hospitalizada por um breve período em razão do que seu filho se limitou a descrever como um evento coronariano. Ela não me pareceu muito mudada no início: a mesma velha ladainha, mais ou menos, mas a contagem regressiva para a eleição presidencial havia começado, e ela estava ficando cada vez mais agitada. Seria realmente possível que os americanos elegessem para o cargo mais alto do país, para a posição mais poderosa do planeta, uma pessoa tão evidentemente inadequada, tão descaradamente imoral e corrupta, uma pessoa que mentia a cada respiração e, para completar, uma total incompetente?

Nunca a fé da minha vizinha na humanidade estivera tão abalada.

Essa mulher é uma santa do pau oco, disse ela. Ainda pior que o grande Obaminável. A mulher tinha sangue nas mãos, era uma traidora pérfida, merecia levar um tiro, disse minha vizinha. Como pôde ter chegado tão longe? Claro que era algum tipo de conspiração.

Eu mesmo nunca me interessei muito por política, disse-me o filho dela. Neste momento, não gosto do que vejo dos dois lados, então vou ficar de fora. Mas a questão é que mamãe nunca foi assim. Quer dizer, ela nunca se preocupou com uma eleição, e, quando eu era criança, ela e meu pai, normalmente, votavam nos democratas. E mamãe até era feminista. Não me refiro a ser politicamente ativa, mas me lembro dela lendo aquele livro (*A mítica feminista*, assim ele o chamou) e falando sobre a libertação das mulheres e de como era ótimo e de como era péssimo que mais mulheres não estivessem no mercado de trabalho.

Não quero parecer louco, disse ele, mas, quando a ouço agora, é como se, enquanto esteve no hospital, alguém tivesse implantado um chip em seu cérebro. Ela acha que os cristãos estão sob ataque, que Hillary Clinton é algum tipo de... eu realmente não sei o quê, mas a ouvi dizer que Hillary Clinton responde a Satanás. A questão é que mamãe não é religiosa, nunca foi, e eu nunca soube que acreditasse em Satanás. Então, de onde veio isso? E como é possível que, não importando o assunto, se entre o que Sean Hannity, o comentarista conservador, diz ou o que o próprio filho diz, ela confie em Hannity?

Sinto muito, disse ele, sei que você está cheia de ouvir, mas creio que depois da eleição ela vá se acalmar.

Depois da eleição, porém, ela não se acalmou. Permaneceu igualmente paranoica e furiosa com os inimigos do cristianismo e dos verdadeiros patriotas norte-americanos. Ficou brava quando, sem querer, comentei que Sean Hannity me lembrava o comediante Lou Costello, como se eu tivesse dito isso para caluniá-lo.

Mas, na verdade, uma das coisas mais estranhas em seu comportamento era não se importar com o que eu dissesse. Ela nunca parou, durante um de seus discursos, para perguntar se eu concordava ou discordava dela, nunca quis saber qual era minha opinião sobre os dois candidatos, e, quando apresentei tal informação, ela a recebeu com um encolher de ombros, nunca fez o mínimo esforço para mudar minha opinião. Eu poderia assistir à Fox News se quisesse a verdade, e, se não o fizesse, que eu fosse para o inferno.

Na maioria das vezes, era como se eu nem estivesse ali. Nunca me senti mais supérflua. O café e os muffins poderiam muito bem ter sido deixados lá pelos elfos. Comecei a me perguntar o que minhas visitas poderiam realmente significar para ela. Acho que funcionavam como um tipo de terapia, mas não parecia haver nenhuma conexão humana real. Eu tinha começado a visitá-la pelo desejo de fazer algo bom, algo que beneficiaria outra pessoa — duas pessoas, considerando o filho dela. Mas será que ainda poderia ser chamado de algo bom se eu tivesse começado a odiar cada minuto das visitas, a me arrepender de ter concordado com elas, de ter posto os olhos em ambos, de a mulher ter nascido? Isso não era realmente o que se chamaria de um ambiente tóxico? Além da ansiedade que se acumulava por dias antes que eu me obrigasse a tocar a campainha outra vez, houve momentos em que me vi, de fato, com medo dela, quando, raivosa, elevou a voz, me olhou, carrancuda, com sua postura corcunda, com aqueles olhos injetados de sangue se revirando, e temi que ela realmente me desse uma cabeçada por sobre a mesa de centro. Por outro lado, não sabia como me livrar dessas visitas agora, o que diria ao filho (a verdade ou alguma desculpa?) ou à própria mulher (mas será que ela ligaria?), sentindo-me cada vez mais presa a uma situação que parecia tanto perversa como ridícula.

É tão triste foi uma das coisas que o filho dela me falou. Se ela nunca assistisse à TV, disse ele, sei que não seria assim. E isso me deixa tão bravo. Ela poderia estar levando seus últimos anos com conforto e paz relativos, grata pelo que possuía. Em vez disso, está em um estado constante de amargura e ressentimento em relação a todos os inimigos que ela teme estarem atrás dela. É tão triste o que acontece com os velhos. Continuo dizendo a mim mesmo que não é culpa dela, pois o mesmo pode acontecer comigo. Mas sei que prefiro morrer antes da hora a ver isso acontecer comigo.

No fim de sua longa vida, um professor que tive na universidade, o qual dedicara a juventude à causa dos direitos humanos, acabou reduzido a um vocabulário de poucas palavras (gritadas), uma das quais era *veado* e a outra, *preto*.

Viajei novamente, e, dessa vez, enquanto estive fora, foi o homem que sofreu um ataque cardíaco. Soube disso por outro vizinho após meu retorno. Pouco depois do funeral, ele me contou, alguns parentes vieram e levaram a mãe do homem embora. Para onde, ele não sabia. A maioria de seus pertences continuou no apartamento, entretanto, e um mês se passou até que os mesmos parentes voltassem e os recolhessem. Logo depois disso, um jovem casal se instalou ali. Nunca falei com nenhum dos dois, mas notei recentemente que estão esperando um bebê.

Não devia ser muito difícil descobrir o novo endereço da minha antiga vizinha, e isso, eu disse a mim mesma, era exatamente o que eu deveria fazer, assim como enviar-lhe um bilhete de pêsames. Mas o alívio que senti ao descobrir que ela havia se mudado foi tão grande que percebi que havia menos vergonha em ficar calada.

— • —

O que você está enfrentando? Quando Simone Weil disse que ser capaz de fazer essa pergunta era o real significado de amor ao próximo, ela escrevia em francês, seu idioma nativo. E em francês a grande questão soa bem diferente: *Quel est ton tourment?*[*]

---

[*] Qual é o seu tormento? [N. T.]

VIII

Minha amiga começa a conversa mais importante da nossa vida perguntando se eu já tinha ouvido falar que os escritos particulares de Einstein incluem vários exemplos de estereótipos racistas e evidenciam que, ademais, ele era um marido abusivo. Respondo que sim, e ela diz: Então acho que lá se vai a teoria da relatividade.

Solto uma risada encorajadora e pergunto como ela está se sentindo. Ela me parece mal, abatida e com icterícia, embora provavelmente não pior que da última vez que a vi. Novidade: um tremor nas mãos e, de vez em quando, apenas falar a deixa sem fôlego.

Fiz uma coisa muito imbecil, diz ela.

Você pode, digo — então imediatamente me preocupo com a possibilidade de ela achar que eu queria dizer *porque você está morrendo.*

Ela havia concordado em gravar um podcast em que responderia a perguntas sobre como é ser uma doente terminal. Uma assistente social do hospital a convencera, de alguma maneira, a fazer isso, conta, e ela devia ter se dado conta de que era um erro. Tinha corrido mal, diz, *saído dos trilhos,* em suas próprias palavras, em parte porque estava com dor, também tonta por não ter comido, diz ela, não tinha sido capaz de manter nada no estômago naquele dia e deveria saber quão irritantes seriam as perguntas. Ou, mesmo que não fossem verdadeiramente irritantes, que haveria uma grande probabilidade de ela as achar. Tarde demais para fazer qualquer coisa a esse respeito, constata sombriamente. E daí, quem se importa?, digo... e de novo eu queria poder desdizer, temendo que ela depreendesse *você está morrendo*. Você tem razão, diz. Eu não deveria dar a mínima para isso. Mas, quando seu tempo é curto e você o gasta mal — desperdiçando-o com algo imbecil —, bem, é uma merda. Sem falar em não querer que um de seus últimos registros deixados neste lado do paraíso a faça passar vergonha.

Tenho certeza de que não foi tão ruim quanto você pensa, digo — sinceramente —; nunca a vi causar má impressão em público.

Eu me esqueci de descrever o cenário. Estamos em um bar. Antes de vir me visitar, há alguns dias, ela me perguntou especificamente se poderíamos nos encontrar aqui, neste bar que frequentávamos, às vezes todas as noites da semana, quando dividíamos (com outra mulher com a qual há muito perdemos contato) um apartamento perto daqui. Minha amiga está hospedada em um hotel, insistindo que prefere um quarto de hotel a ser hóspede de alguém; embora ela não goste de hotéis, sempre detestou ser hóspede, e, embora tenha vários amigos próximos que moram aqui e o objetivo principal desta viagem seja passar um tempo com eles e, se não estiver se sentindo muito fraca — *e se meu coração aguentar*, disse —, visitar alguns lugares que tiveram um significado especial para ela na época em que morou aqui. Nosso encontro no bar, bebendo juntas, será a única vez que nos veremos antes de ela voltar para casa.

Antigamente, era um buraco abarrotado de moscas que servia bebidas baratas e cuja única opção de petiscos eram salgadinhos industrializados. Havia uma mesa de sinuca e um piano elétrico Wurlitzer vintage, e, claro, era permitido fumar, o que quase todo mundo, nós duas, inclusive, fazia. Agora sofisticado, tendo acompanhado a vizinhança, possui uma enorme carta de vinhos caríssimos, um bufê de *tapas* de aparência obsoleta, no local onde ficava a mesa de sinuca, e uma *playlist* jazzística em volume alto. Há uma TV acima de cada extremidade do bar, cada uma delas sem som e sintonizada em um canal diferente, um de notícias, um de esportes.

O único negócio no quarteirão que sobreviveu todos esses anos — e indo muito bem, considerando o número de frequentadores —, ainda que cada centímetro de personalidade esteja apagado. Isso nós condenamos; isso nós lamentamos. Mas ainda é o solo sagrado de nossa juventude, de onde tantas vezes saímos tropeçando para casa, apoiando-nos umas nas outras, parando mais de uma vez para que uma ou outra vomitasse entre os carros estacionados. Você sabe que ela é sua amiga quando segura seu cabelo enquanto você vomita. Vamos beber a isso.

Não entrarei em uma angústia humilhante.

Não fico surpresa em ouvir essas palavras. Em primeiro lugar, trata-se de algo que ela já disse. Achei ter compreendido, que eu tinha aceitado que provavelmente seria assim. Mas agora um sentimento totalmente diferente me inunda quando ela revela que está em posse de um medicamento para eutanásia.

Não sei o que dizer.

Espero que diga sim.

Sim... para quê?

Ao meu pedido de ajuda.

Minha aju...? Minha laringe tem espasmos, fazendo-me engolir em seco como um personagem de desenho animado. E ela sorri.

Não estou falando em ajudar a morrer, diz. Sei como fazer. Não é complicado.

O que *é* complicado é o que deve acontecer entre este e aquele momento.

Primeiro, diz, não posso precisar quanto tempo levará para acontecer.

Ou seja, ela quer sofrer o mínimo possível.

Mas também quero que a circunstância seja o mais tranquila possível, diz. Quero que tudo esteja em ordem.

Ela quer ir a algum lugar, diz. Não me refiro a viajar. Viajar seria uma distração. Não é isso que estou procurando. E se eu voltasse para algum lugar que amava ou onde fui muito feliz (Grécia, por exemplo, onde ela viveu o romance de sua vida, ou Buenos Aires, onde teve as melhores férias)... bem, você sabe o que dizem. Nunca retorne a um lugar onde você foi realmente feliz, e esse, de fato, é um erro que já cometi uma vez na vida, então todas as minhas belas memórias da primeira vez foram maculadas.

Eu poderia ter dito a ela que cometi esse erro também. Mais de uma vez.

Não que ela fosse contra fazer uma pequena viagem, diz. Mas o que realmente quero é encontrar um lugar tranquilo, não precisa ser longe — na verdade, não deve ser muito longe — nem particularmente especial, apenas um lugar onde eu possa ficar em paz e fazer as últimas coisas que precisam ser feitas. E refletir sobre os meus últimos pensamentos, acrescenta ela, conforme sua respiração se esgota. Sejam eles quais forem.

Relaxo a mão que segura o copo. Então, tudo o que ela está pedindo é que eu a ajude a encontrar esse lugar ideal. Pergunto se tem certeza de preferir um lugar estranho à própria casa.

Acho que isso facilita tudo, responde. Contanto que seja um lugar confortável, seguro e bonito. Tenho trabalhado melhor — e pensado melhor — longe de casa, visitando universidades, por exemplo, em retiros de meditação e até mesmo em hotéis. Acho que será mais fácil me preparar — me concentrar no desapego — se eu estiver num lugar onde não haja ao meu redor coisas íntimas e familiares, todas aquelas reminiscências de apegos, e assim por diante.

É claro que posso estar errada, diz, e tudo isso pode acabar sendo uma fantasia. Mas pensei muito e me parece o certo. O que estou falando faz sentido?

Acho que sim, respondi. E você precisa da minha ajuda para encontrar um lugar ou para ajudá-la a se instalar? Não, responde. Posso fazer isso sozinha. Já comecei a procura. Pousa a palma da mão na mesa e pressiona a outra sobre ela para reprimir — ou esconder — o tremor.

O que eu preciso é de alguém para estar comigo, diz. Vou querer um pouco de solidão, é claro, é com isso que estou acostumada, afinal é o que sempre desejei — e estar morrendo não mudou isso. Mas não posso ficar completamente sozinha. Quer dizer, esta é uma nova aventura — e quem pode afirmar como realmente será? E se algo der errado? E se *tudo* der errado? Preciso saber que há alguém no quarto ao lado.

Uma luta épica para manter minha compostura, para escolher as palavras.

Concordo, digo. Você não deveria estar sozinha.

No entanto, pergunto a ela após uma pausa, não seria mais reconfortante ter alguém mais próximo? Alguém da família? Na época em que frequentávamos este bar, podíamos ser unha e carne, mas, embora sempre tivéssemos mantido contato, ela e eu havíamos seguido caminhos diferentes ao longo de todos esses anos, e o que ela parece estar me pedindo é desconcertante para mim. Além disso, ainda estou tentando absorver o choque de sua revelação sobre o medicamento.

Alguém da família, repete ela secamente. Bem, seria minha filha — não tenho outro familiar próximo —, e eu não poderia pedir isso a ela, não seria certo. Não só porque ela e eu somos tudo menos confortáveis uma com a outra. Mas, precisamente por causa disso — por nosso relacionamento ter sido sempre tão conturbado —, seria muito difícil, falando de maneira franca. Ela pode concordar, por um senso de dever. Mas, dada a hostilidade que sempre teve em relação a mim, não sei como ela lidaria com seus sentimentos. Não, não vejo como posso justificar colocá-la em tal situação. E ainda há o complicador adicional de ela ser a principal beneficiária do meu testamento.

O garçom se aproxima para perguntar se queremos outra rodada, ignorando que o copo da minha amiga continua cheio. (Isso é apenas para manter as aparências, avisara antes, acenando com a mão sobre seu gim-tônica. Não posso beber com esses remédios. Você terá que beber por nós duas.) Meu copo estava vazio havia algum tempo, e, assim que o garçom saiu, peguei o dela. Por um momento, ela me olha com uma expressão divertida, então diz: Sei que não ficará magoada se eu lhe disser que você não foi minha primeira opção.

Suas duas amigas mais próximas se recusaram. Elas nunca poderiam fazer parte de qualquer tipo de morte assistida, disseram, nem mesmo indiretamente. Mesmo que entendessem por que ela havia tomado tal decisão e quanto também não queriam que ela sofresse, nunca poderiam ficar paradas enquanto ela tirava a própria vida, tentariam impedi-la. Não, disseram. Não. Não.

É assim que ocorre com as pessoas, ela me diz agora. Não importa o que aconteça, elas querem que você continue lutando. É assim que fomos ensinados a ver o câncer: uma luta entre o paciente e a doença. Ou seja, entre o bem e o mal. Existe uma maneira certa e uma maneira errada de agir. Um jeito forte e um jeito fraco. O caminho do guerreiro e o caminho do desistente. Se você sobreviver, é um herói. Se você perder, bem, talvez não tenha lutado o suficiente. Você não acreditaria em todas as histórias que ouço sobre esta e aquela pessoa que se recusaram a aceitar a sentença de morte que receberam daqueles médicos estúpidos e desagradáveis e foram recompensadas com muitos, muitos mais anos de vida. As pessoas não querem ouvir *terminal*, diz. Não querem ouvir *incurável* ou *inoperável*. Chamam isso de conversa derrotista. Falam coisas insanas como: *Enquanto continuar vivo, há uma chance*. E *Milagres médicos acontecem todos os dias* — como se os estivessem acompanhando. Falam: Se você apenas persistir, quem sabe não encontram a cura. Eu nunca soube que tantas pessoas inteligentes e educadas tinham a ilusão de que a cura para o câncer estava prestes a surgir.

Não que eu ache que todos realmente acreditam no que estão dizendo, continua ela, mas eles obviamente acreditam que é o que deveriam dizer. Muitas pessoas tentaram me convencer a não parar de trabalhar. Você tem que fazer todo o esforço, era o que, segundo ela, aquelas pessoas lhe disseram, tem que continuar trabalhando. Você tem que continuar, era o que elas queriam dizer, conclui minha amiga. Continue como se tudo estivesse bem, e talvez, então, tudo *fique* bem. Tipo, finja até conseguir, diz, rindo até perder o fôlego. A quimioterapia pode causar acne e feridas na boca, mas você deve continuar passando batom.

A única maneira como as pessoas parecem capazes de lidar com essa doença, diz, é fazendo dela uma jornada de herói. Sobreviventes são heróis, a menos que sejam crianças; nesse caso, são super-heróis; e até mesmo médicos, só dedicados a fazer a porra do seu trabalho, estão tomando *medidas heroicas*. Mas por que o câncer deve ser algum tipo de teste de coragem de uma pessoa? Não consigo relatar quantos problemas tive com isso, diz. Não há quase nada que alguém tenha me falado que não fosse alguma banalidade ou clichê. Saí das redes sociais porque precisava me afastar de todo o barulho. Alguns dos piores vêm da comunidade de apoio ao câncer — pense no seu câncer como um presente, uma oportunidade de crescimento espiritual, para desenvolver recursos que você nunca soube que tinha; pense no câncer como um passo na jornada para se tornar o que você tem de melhor. Sério. Quem quer morrer ouvindo essa porcaria?

Um movimento exagerado de estremecimento quando ela respira fundo.

Há um momento em que, continua, se isso for realmente o que você deseja ouvir, seu médico vai ser direto. Incurável. Inoperável. Terminal. Particularmente, diz, embora ninguém nunca a use, prefiro a palavra *fatal*. *Fatal* é uma boa palavra. *Terminal* me faz pensar em estações de ônibus, o que remete a gases de escapamento e homens assustadores espreitando em busca de fugitivos. Mas, voltando ao que eu estava dizendo, fiz minha pesquisa. Sei o que me espera se eu deixar a natureza seguir seu curso. Os cuidados paliativos não têm muito a oferecer. Não vejo sentido em permanecer na clínica, ficando cada vez mais desamparada até que não possa mais fazer nada sozinha. As pessoas devem ser capazes de entender que esta é a *minha* forma de lutar, diz. O câncer não pode me pegar se eu me pegar primeiro. E qual é o sentido de esperar, diz, quando estou pronta para ir. O que preciso agora é de alguém que entenda tudo isso e prometa ficar ao meu lado e não fazer nada idiota como jogar os comprimidos no vaso sanitário enquanto durmo.

Já me ocorreu, diz, que talvez eu devesse procurar alguém não tão próximo de mim agora, alguém em quem confio, mas que não estou acostumada a ver o tempo todo e não está acostumado a me ver. Outra velha amiga que também me veio à mente é médica e, em muitos aspectos, teria sido a pessoa ideal. Mas ela não pode simplesmente abandonar seu trabalho. Essa foi outra questão, diz minha amiga: as pessoas têm empregos.

Incluindo eu. Mas, como minha amiga menciona rapidamente, é verão. As aulas terminaram.

Digo, somente *para* dizer alguma coisa, que gostaria que não estivéssemos em um lugar público.

Ah, mas isso foi intencional, diz. Achei que nos impediria de ficar... excessivamente emotivas. Mas também não resisti quando pensei naquela vez que você e eu nos sentamos bem aqui neste bar e discutimos o mesmo assunto.

Não tenho ideia do que ela está falando.

Introdução à Ética. Não lembra? O professor dividiu a classe em duplas, e cada uma delas teve que debater determinada questão ética. A nossa era o direito de morrer. Sacralidade da vida *versus* qualidade de vida. Trabalhamos nisso juntas acompanhadas de algumas jarras de chope. Lembra? Você argumentou que uma pessoa tinha o direito de tirar a própria vida em qualquer circunstância, não apenas em casos terminais. Era assunto do indivíduo e de mais ninguém,

O QUE VOCÊ ESTÁ ENFRENTANDO | 89

muito menos do Estado. Lembro que isso me deixou nervosa, diz, porque naquela época você estava muito deprimida e podia ser bem impulsiva, e ouvir você argumentar tão apaixonadamente a favor do suicídio me assustou.

Estou tão atordoada que quase me levanto. Não que eu não tenha visto isso antes: uma pessoa conta uma história do passado da qual se lembra vividamente quando, na verdade, a história foi totalmente inventada. E não é que eu pense que minha amiga esteja mentindo; pelo contrário, sei que acabou de falar com toda a inocência. Sei que o que aconteceu foi o seguinte: sua imaginação alimentou sua memória para ajudar a tornar mais coerente uma maneira particular de pensar uma situação traumática. É perfeitamente provável que ela e eu tenhamos discutido uma vez o direito de uma pessoa morrer. É mais do que provável que eu tenha assumido a posição que ela disse que assumi. Talvez eu realmente fosse a jovem cronicamente deprimida e impulsiva de que ela se lembrava. Mas ela e eu nunca tínhamos trabalhado juntas neste bar ou em qualquer outro lugar em qualquer tipo de curso. Nunca cursei Introdução à Ética.

Tudo isso, no entanto, me deixou sem palavras. Na verdade, não digo nada sobre nada. Não estou me sentindo bem. Duas bebidas entornadas na sequência. Mas não é apenas o álcool que está fazendo o bar girar.

Sei o que está pensando, diz. Está pensando: Não posso acreditar que estamos tendo esta conversa! É uma coisa importante que estou lhe pedindo, eu sei. Uma responsabilidade enorme. Você não precisa me responder agora. A menos, é claro, que já possa?

Fiz que não com a cabeça. Ao me ver tão hesitante, diz: Ora, vamos. Onde está seu senso de aventura?

Ao que apenas consigo balançar novamente a cabeça.

Tudo bem, então, diz. Voltarei para casa amanhã. Ligarei para você assim que chegar lá.

Conforme saíamos do bar, parei e disse que seria melhor eu ir ao toalete.

Você vai vomitar?, pergunta.

Talvez, respondi sem me virar.

Quer que eu segure seu cabelo?

— • —

Tudo se resume a dois lugares, disse ela. Um era uma casa de verão em uma ilha na costa sul do Atlântico. Pertencia à família de um primo que não planejava ocupá-la até o final da temporada. Ela e esse primo nunca se conheceram bem, mas, quando ele soube de sua doença, teve a gentileza de lhe oferecer um pequeno refúgio. Ela estivera lá uma vez, muitos anos antes, para um casamento e se lembrava de como a casa e a praia eram bonitas; mas, mesmo no início da temporada, a ilha provavelmente estaria cheia de turistas, disse ela, e não era tão fácil chegar lá, e, além disso, acrescentou, não quero passar os últimos dias da minha vida em um estado vermelho.

Então, estava inclinada a ir para o outro lugar, a residência na Nova Inglaterra de um casal de aposentados, ex-professores universitários que agora passavam a maior parte do tempo viajando e usavam o Airbnb para obter locatários de curto prazo sempre que possível para ajudar a custear suas viagens.

Poderíamos alugá-la por um mês, ela me disse por telefone. Não que eu ache que precisarei de tanto tempo.

Será que me acostumaria a esse tipo de conversa? Mesmo enquanto me perguntava o que fazer com minha correspondência — deixá-la se acumular, pedir aos correios para encaminhá-la ou guardá-la para mim —, achei impensável perguntar por quanto tempo deveria planejar minha ausência.

Não que eu já tenha escolhido uma data, disse ela. Embora, como mencionei, esteja pronta para ir. Você poderia até considerar que estou *impaciente* para ir, o que se deve, em parte, ao fato de eu já ter pensado tanto em morrer, mas também por ter atingido os limites do que acho que posso suportar. Porém não sei o que meu corpo fará.

Embora ela estivesse se sentindo muito melhor desde que parara a quimioterapia, seus sintomas podiam mudar a cada dia, e os remédios que tomava para controlá-los também tinham efeitos colaterais.

De qualquer forma, quero que as coisas aconteçam naturalmente, disse ela. Sinto que saberei quando for a hora.

Mas você... bem, você não saberá, disse ela. Obviamente, não farei um anúncio.

Tal como a vinda do Pai, disse ela brincando: *Daquele dia e da hora, ninguém sabe.*

Ela decidiu não contar a ninguém sobre nossos planos. Cheguei até aqui, não quero arriscar nenhuma intervenção estúpida, disse ela, nem mesmo uma pequena interrupção. Quero paz.

Ninguém deve saber onde estamos.

E, para sua proteção, ela me disse, você precisa se fazer de boba: eu nunca lhe disse o que faria, você nem sabia que eu estava com o medicamento.

Na verdade, eu já tinha contado tudo a outra pessoa, mas não a inteirei disso.

Uma foto da casa em estilo colonial lhe evocou aquela onde havia crescido. Ambas foram construídas na década de 1880, disse ela, embora esta seja menor. Ela me contou como ficou com o coração partido por vender a casa de sua infância. Mas, depois que seus pais morreram, nem ela nem a filha se viram morando em uma casa tão grande, em um local que, infelizmente, se tornara um subúrbio superdesenvolvido. Entre outras coisas de que ela gostou na casa dos aposentados foi o fato de ter sido reformada levando em consideração as necessidades de idosos. Havia um grande quarto no andar térreo com banheiro próprio, no qual foram instaladas barras de apoio e assento de banho. Tendo em vista quão frágil ela estava agora e como, em alguns dias, teria dificuldade para andar, isso era um lance de sorte, disse ela. Além disso, o quarto principal original, no andar superior, ficava na extremidade da casa.

Portanto, cada uma de nós terá privacidade, disse. (O que eu faria com toda aquela privacidade era, para mim, uma dúvida enorme e assustadora.)

As casas vizinhas eram bem espaçadas entre si, e um dos lados da propriedade fazia fronteira com uma reserva natural.

Não conheço bem a cidade, mas já passei por ela, disse minha amiga. Sempre gostei das cidades costeiras da Nova Inglaterra. E gosto do fato de que deve haver alguns bons restaurantes, agora que voltei a ser capaz de saborear a comida.

Na verdade, ela realmente não precisava pensar mais nisso. Esse lugar parece perfeito, disse ela.

Tanta empolgação em sua voz — qualquer um teria pensado que estávamos planejando férias.

Estou lhe mandando as fotos, disse, e, assim que desligamos, elas chegaram. Meia dúzia de fotos da casa, por dentro e por fora. Uma no pico vermelho e dourado do outono, outra na neve imaculada. Eu as observei sob uma espécie de estupor. Não me importava com a casa, com a cidade em que estaríamos. O quanto *ela* se importava era quase insuportavelmente comovente para mim.

Tinha apenas mais algumas coisas para fazer em casa, disse ela. Mais algumas gavetas para esvaziar, um pouco mais de papelada, algumas pessoas para ver pela última vez.

Uma semana se passou desde que nos encontramos no bar.

Comece a fazer as malas, ela escreveu em mensagem de texto.

Eu estava arrumando mecanicamente as roupas em uma mala quando ela enviou outra mensagem: Obrigada por fazer isso.

Quando eu lhe disse que a resposta era sim, que faria o que ela precisasse para ajudá-la a morrer, seu alívio foi tão grande que ela começou a soluçar.

Segundos depois, escreveu mais uma vez: Prometo tornar isso o mais divertido possível.

SEGUNDA PARTE

A morte não é uma artista.
Jules Renard

A casa estava de acordo com o anunciado. Graciosa, limpa e organizada, com alguns toques especiais de boas-vindas: flores nos quartos, a cozinha abastecida com café, chá, suco, iogurte, pães e outros itens básicos. Almofadas e cobertores extras, lenha para a lareira — tudo parecia ter sido pensado pelos anfitriões (premiados pelo Airbnb com o status de *Superhosts*), que, antes de partirem para a Europa, nos enviaram o endereço da casa e o código da porta da frente.

Não havia fotos, notamos imediatamente — presumimos que tivessem sido guardadas em um depósito com outros pertences particulares e documentos —, mas a sala de estar era dominada pelo retrato de uma mulher que imaginamos ser a dona da casa na juventude. Uma pintura a óleo, em tamanho real, que trazia à mente *O retrato de Madame X*, de John Singer Sargent. Na verdade, talvez a pintura fosse isso mesmo: uma imitação de Sargent. Um cisne-branco em forma de mulher, com o pescoço impossivelmente longo, em um vestido preto de ombros à mostra que exibe a metade superior de seus — para mesclar analogias com aves — seios como ovos de avestruz. Uma das mãos está apoiada no encosto de uma cadeira e a outra segura um lírio. Uma mistura tímida do erótico com o austero.

Se realmente for ela, disse minha amiga, não sei como suporta isso. Como pode deixar o *marido* suportar isso. Ou seja, viver todos os dias com esse lembrete gritante de quão jovem e gostosa já foi.

Dei de ombros. Você sabe como é conviver todos os dias com algo, eu disse. Eles provavelmente nem o notam mais.

Verdade. Mas posso imaginar como, sempre que alguém vê o quadro pela primeira vez, pergunta: Ah, essa é você? Você sabe como as pessoas sempre dizem isso quando veem uma foto antiga e lisonjeira sua: É *você*? E você estremece, porque acabaram de informar quanto você não se parece mais com aquilo, que poderia muito bem ser outra pessoa. É humilhante. Não deveria ser, mas é de fato humilhante.

Concordei que era humilhante. Por outro lado, eu disse, muitas pessoas mostram suas fotos de casamento de muitos anos antes.

Bem, uma coisa é mostrar uma foto sua vestida de noiva, mas *isso*...

Tanto faz, disse ela. É uma monstruosidade. Estraga a sala inteira.

Poderíamos cobrir esse quadro com um lençol.

Minha amiga riu. Ai, Deus, não. Seria ainda mais perturbador.

Havia outras pinturas por toda a casa, principalmente paisagens terrestres ou marítimas. Na sala de jantar: uma grande fotografia em preto e branco da própria casa, emoldurada e datada de 1930.

Fiquei aliviada graças ao fato de que, deixando a monstruosidade de lado, a casa correspondia às expectativas da minha amiga.

Ela me recorda ainda mais de onde cresci, disse. Meus pais poderiam ter o mesmo decorador. Não que em um milhão de anos eles tivessem entregado as chaves a uma série de estranhos. Como as pessoas mudaram.

Também gostei da casa. A combinação de móveis bem-feitos contrastando com o despojamento refinado na medida certa. Algumas belas cerâmicas e outros poucos enfeites.

Aquele equilíbrio entre conforto e simplicidade que já ouvi chamarem de estilo Shaker luxuoso.

Era meio da tarde. Nossa viagem havia demorado por conta das várias pancadas de chuva, mas, de maneira bastante animadora, o sol surgiu no mesmo instante que a casa. No caminho, comemos os sanduíches de abacate com tomate que eu tinha preparado naquela manhã. Agora tudo o que queríamos era café. Depois de prepararmos um bule, cada uma levou uma caneca para o quarto. Decidimos que, após desfazermos as malas, faríamos um rápido passeio pela cidade e jantaríamos cedo. Havia um restaurante de peixes e frutos do mar bem avaliado em algum site de gastronomia que minha amiga consultara. Não pude deixar de sentir, porém, que era só para me agradar. Embora sua capacidade de saborear — e manter — a comida fosse muito melhor do que durante a época das sessões de quimio, seu apetite era tudo, menos voraz. Fingi não notar que levara quase uma hora para terminar o sanduíche de abacate com tomate.

Eu havia titubeado ao longo da semana anterior, todos os meus sentidos curiosamente reprimidos, mas agora eu não poderia estar mais aguçadamente atenta a tudo: a luz quente entrando pelas janelas do quarto, o cheiro e o sabor do café, a nuvem de travesseiros sobre o edredom azul-celeste, a textura do piso de madeira clara no qual um tapete kilim de cores brilhantes vibrava como uma obra de arte. O armário e as gavetas da cômoda cheiravam a lavanda. (Lá embaixo, notei um cheiro diferente: um frutado adstringente, como um coquetel de frutas cítricas.)

Em outras circunstâncias, este seria um ótimo lugar para trabalhar. Mas eu duvidava que teria concentração até mesmo para ler as notícias. O que me imaginei fazendo, em vez disso, foi assistir a filmes e episódios de todas as boas séries que perdi nos últimos anos e achei que nunca veria. Também presumira que eu seria responsável por tudo relacionado a cozinhar, limpar ou outras tarefas que precisassem ser feitas e sabia que ficaria mais do que feliz em fazê-las, só com a preocupação de que não haveria trabalho suficiente para me manter ocupada.

Melhor tentar não antecipar muito foi o conselho que dei a mim mesma. Embora minha amiga parecesse totalmente segura de sua decisão — nem uma vez até agora eu a vi vacilar —, no fundo suspeitava de que as coisas não aconteceriam como planejado. Só porque estávamos aqui, agora, não significava que ela definitivamente tomaria o medicamento. Ela veio para pensar, afinal, e pensar poderia fazê-la mudar de ideia. Talvez decidisse adiar por mais um tempo. (A maioria dos pacientes moribundos em posse de uma dose letal de medicamento, eu sabia disso por acaso, nunca a tomou.) De todo modo, era muito mais fácil para mim imaginar que, depois de uma semana ou mais, estaríamos deixando esta casa juntas, em vez de eu sozinha.

Eu estava totalmente ciente, e preocupada com a minha ciência, de que uma grande parte de mim, embora concordasse em ajudar minha amiga, não havia de fato aceitado a razão — na verdade estava, ao que parecia, resistindo fortemente a ela — de estarmos aqui. De por que *eu* estava aqui.

Algumas vezes, desde que concordara em estar com ela até o fim, sucumbi, disse a mim mesma que havia cometido um erro grave, era impossível, na verdade eu não poderia fazer isso. Então eu pensava como era igualmente impossível para mim desistir. Achei que deveria ao menos contar a ela esses dilemas, ao que respondeu que faria aquilo de qualquer maneira.

Você quer que eu faça isso sozinha? Porque, devo dizer, não tenho tempo nem energia para listar todo mundo que eu conheço. Eu quero paz.

Eu quero paz era algo que ela começou a repetir com frequência.

Onde está seu senso de aventura? Como se isso pudesse me persuadir! Na realidade, a verdadeira razão para ter concordado em ajudar minha amiga foi que eu sabia que, no lugar dela, teria esperado ser capaz de fazer exatamente o que ela queria fazer agora. E eu precisaria de alguém para me ajudar. (Nos dias seguintes, haveria momentos em que eu não conseguiria escapar da sensação de que tudo aquilo era uma espécie de ensaio, de que minha amiga estava *me indicando o caminho*.) Enquanto eu desfazia as malas, ocorreu-me que deveria manter um diário. Ainda parecia errado para mim que a filha da minha amiga, sua única família, não estivesse envolvida no que estava acontecendo e nem mesmo tivesse sido informada sobre aquilo. Entendi a posição da minha amiga a esse respeito e que ela poderia estar certa, mas isso me entristeceu e me fez sentir culpada, como se fosse uma espécie de traição. Não que eu fosse entrar em contato com a filha sem que ela soubesse, mas, pelo menos, eu queria ter um registro para lhe transmitir. Achei que, quando chegasse a hora, aqueles que eram próximos da minha amiga desejariam saber como ela estava, o que havia dito, pensado e sentido no final. Seria importante, então, ele ser o mais detalhado e preciso possível, e certamente não se poderia confiar apenas na memória. Achei também que me sentar para escrever sobre cada dia seria útil — pois manter um diário de outras experiências, incluindo algumas bastante difíceis, embora nenhuma talvez tão singular como esta, havia me ajudado a manter o rumo.

Uma aventura? Se esse fosse o caso, estávamos em duas aventuras diferentes, a dela completamente distinta da minha, e, em qualquer medida que pudéssemos compartilhar os dias vindouros, cada uma de nós estaria muito sozinha.

Alguém disse: Quando você chega a este mundo, há pelo menos dois de você, mas, ao sair dele, você está sozinho. A morte sucede a todos nós e, ainda assim, continua sendo a mais solitária das experiências humanas, aquela que nos separa, em vez de nos unir.

Excluído. Quem poderia estar mais assim do que o moribundo?

Eu deveria fazer uma lista, pensei. Fiz muitas listas desde que tudo isso começou, listas de tarefas intermináveis — como Scott Fitzgerald, certa vez, salientou que as pessoas costumam fazer quando estão à beira de um colapso. Meu jeito era fazer uma lista e depois ignorá-la; em vez de ao menos olhar para ela novamente, eu me sentaria e faria uma nova.

E mantimentos — não precisamos de mantimentos? Claro que sim. Amanhã eu iria fazer compras no mercado e, para isso, deveria ter uma lista.

Quando terminei de desfazer as malas, quando me sentei à escrivaninha sob um raio de sol e redigi minha lista de compras, fiquei feliz em me avaliar e concluir que estava em um estado razoável de calma. Em um canto do quarto, havia um belo e antigo espelho de chão. *Vou encarar*, afirmei a ele, e — sorrindo com o serendipitoso jogo de palavras — desci a escada.

Ali minha calma foi quebrada pela visão de minha amiga debruçada na mesa da cozinha em lágrimas.

Meu primeiro pensamento foi que ela havia mudado de ideia. Agora que chegamos, ela percebeu que, afinal, não queria estar aqui. Para isso, como já disse, eu estava preparada.

Você não vai acreditar no que eu fiz, lamentou ela.

Meu corpo inteiro explodiu em pânico. Será que ela, em um momento impulsivo e selvagem, tomara o medicamento bem naquele minuto? Mas ela não poderia ter feito isso. Ela não fez.

Eu esqueci!

O quê?

Os comprimidos, é claro. O que mais. Eu os mantenho escondidos, sabe, no meu quarto, no fundo da gaveta, e, quando estava fazendo as malas, esqueci de pegá-los.

Quase cambaleei de alívio.

Precisamos voltar, disse ela.

Claro! Será a primeira coisa que faremos amanhã.

Amanhã, não. *Agora*.

Não achei que ela pudesse estar falando sério.

Tenho que ter certeza de que não os perdi ou os mudei de lugar, disse ela, levantando a voz. Tenho que saber que estão lá. Tenho que saber que não foram roubados ou algo do tipo. Que, de alguma forma, eles não desapareceram no ar. *Sobretudo que eu não apenas sonhei com eles.* Ela agarrava os cabelos. Eu tinha medo de que começasse a arrancá-los, como uma louca.

Temos que ir, e temos que ir *agora*.

Mais tarde, com os comprimidos a salvo no novo esconderijo em seu quarto, já no final de nossa refeição no sofisticado restaurante onde jantávamos pela segunda noite consecutiva, sugeri calmamente que talvez o fato de ela ter esquecido os comprimidos significasse que estava em conflito quanto a tomá-los. Afinal, ela havia se lembrado de trazer todos os outros medicamentos — e eram tantos!

Vá à merda, não estou em conflito. Eu disse para você nunca me falar isso.

Não me lembro de você me falar isso.

Bem, talvez não com tantas palavras. Enfim, você está errada. Sei exatamente o que me fez esquecer. O cérebro de quimio.

Eu sabia o que era cérebro de quimio, mas, quando não disse nada, ela continuou a explicar.

Lapsos de memória, problemas de atenção, devaneios, problemas de processamento de informações. Isso pode acontecer mesmo após a interrupção do tratamento. Pode até piorar após a interrupção do tratamento. Disfunção cognitiva. Pode durar anos, em alguns casos para o resto da vida. Eu poderia lhe dar uma tonelada de exemplos, disse ela.

Certa vez, ao enviar um pacote, ela o endereçou a si mesma em vez de à pessoa a quem pretendia encaminhá-lo. Foi comprar sapatos e, mesmo os tendo experimentado, acabou levando o tamanho errado. Então fez a mesma coisa ao comprar uma calça. Vivia perdendo coisas: chaves, carteira, telefone.

Tudo o que escrevia tinha de ser revisado cem vezes, disse ela, e a cada vez eu encontrava pelo menos um erro que havia deixado passar antes. Eu não podia mais confiar no meu julgamento sobre nada. Vinte por cento para o motorista, eu ficava repetindo. Então, na minha confusão, virava vinte *dólares*.

Quis lhe perguntar, então, como poderia confiar na importante decisão que nos trouxera até aqui. Como sabia que não fora o cérebro de quimio também?

||

A surpresa de certas coincidências.

Para ver as horas, toco a tela do celular, que está sobre um livro na minha mesa, o qual, por acaso, é o romance de Ben Lerner *10:04*, e vejo que são 10h04.

Leio a respeito de um filme novo enquanto seguro o gato em meu ombro. No instante em que chego à palavra *vampiro*, o gato, que nunca me mordeu antes, afunda os dentes em meu pescoço.

No Dia do Descobrimento da América, vejo que o saldo da minha conta-corrente é de exatamente 1.492 dólares.

Uma discussão violenta entre dois homens é relatada no noticiário. Um homem branco e um homem negro. O sobrenome do branco é Black, e o do negro é White.

E aqui, nesta casa, em uma estante de livros na sala de estar: *Um* thriller *psicológico na tradição de Highsmith e Simenon ambientado no sórdido mundo* noir *da Nova York dos anos 1970*.

Não é tão surpreendente. Muitas pessoas têm livros iguais. O que *é* surpreendente é o fato de o exemplar trazer dobrada a mesma página — o início de um novo capítulo — em que interrompi a leitura da última vez.

O assassino bebe demais. Seus novos amigos compartilham a crença popular de que fumar maconha é a cura para o alcoolismo, mas ele tem receio de drogas. Um dia, eles o fazem comer um brownie sem revelar que contém haxixe.

Depois disso, ele começa a fumar maconha avidamente, mas sem desistir do álcool, tornando-se um usuário crônico de ambos. À medida que sua conduta passa a ser cada vez mais perturbadora, a atriz começa a se arrepender de ter feito amizade com ele — em especial depois que ele seduz sua melhor amiga, a qual se apaixona perdidamente apenas para se descobrir abusada e abandonada. Mas são os vícios do assassino a sua ruína. O agravamento da paranoia e da falta de autocontrole o leva a um comportamento errático, que, por sua vez, leva a uma vaga suspeita de que ele conhecia a mulher encontrada estrangulada no parque. Após ser estuprada pelo assassino, a atriz apresenta suas suspeitas à polícia. Mais tarde, ela invoca todas as suas habilidades cênicas para armar uma emboscada para o assassino, manipulando-o em uma confissão que é gravada no equipamento que a polícia instalou no apartamento dela. Simultaneamente, ela escapa por pouco de ser assassinada.

Durante o julgamento, o assassino, ciente de toda a atenção que seu caso despertou, imagina que um livro sobre ele será escrito — um *best-seller* que será adaptado para o cinema. Ocorre-lhe que, seja qual for seu intérprete no filme, terá de ser não somente um bom ator, mas um grande dançarino. E, claro, só poderia ser John Travolta. E é assim que o deixamos: condenado à prisão perpétua e fantasiando sobre si mesmo na tela interpretado por John Travolta.

O livro continua por mais cinquenta páginas, mas não tenho certeza se vou lê-las agora que o destino do assassino foi decidido. Suponho que, provavelmente, haja algum tipo de reviravolta à frente, mas não aprecio tanto reviravoltas em romances policiais.

— • —

Havia uma livraria no shopping. Quando paramos para dar uma olhada, minha amiga notou antes de mim: Olha só quem está vindo para a cidade.

Para ser mais precisa, vinha para uma cidade próxima, em um dos *campi* da universidade estadual. "Quão ruim isto pode ficar." Uma conferência sobre crises globais.

Uma semana a partir daquele dia, de acordo com o banner.

A surpresa de certas coincidências.

Tem interesse em ir?, perguntou.

Eu a lembrei de que já tinha visto tal palestra. Isso para não mencionar que também tinha lido o artigo em que foi baseada.

Certo, disse ela. Eu tinha esquecido.

Espero que não se importe com a minha opinião de que sempre o considerei um idiota, acrescentou.

Um daqueles jornalistas do sexo masculino agressivos, arrogantes e privilegiados, assim ela o caracterizou, citando nomes de vários outros que também se encaixavam na descrição.

Apesar disso, foi a ele que recorri. Foi para ele que contei tudo. Será para ele que ligarei assim que toda esta provação terminar. Mas não conto nada disso a ela.

— • —

Minha amiga, que provavelmente é a maior leitora que conheço, tem tido problemas para ler. Desde o meu diagnóstico, disse. A única vez em sua vida que não se dedicou à leitura de vários livros ao mesmo tempo e ansiosa para dar início a novos títulos.

Tentou recorrer àqueles que já tinha lido, ela me disse, aos mais significativos para ela.

Mas a velha magia simplesmente não existe mais, disse. Meus escritores favoritos, meus livros favoritos — eles não me afetam como antes. Não tenho paciência. Não é muito diferente de ler coisas *ruins*, sabe. Continuo querendo perguntar: *Por que você está me contando tudo isso?*

Conto a ela sobre outro autor, que escreveu no blog de um jornal literário sobre uma visita a um ex-professor cuja paixão pela literatura moderna o inspirara e o ajudara a moldá-lo como escritor quando estudante. Agora em uma cadeira de rodas e com muito tempo disponível, o professor relatou que estava relendo mestres modernos — Faulkner, Hemingway, Scott Fitzgerald, entre outros. Para a pergunta do escritor — Eles resistiram ao tempo? —, o velho respondeu que não. Desempenhos completamente vazios, ele os julgou. *Não valem a pena.*

Mas não é só ler, disse minha amiga. É difícil para mim saber no que devo prestar atenção. Tem sido muito estranho com música, por exemplo. Eu gostava de ouvir tipos diferentes de música, disse, mas agora isso se tornou irritante. Quem diria?

A maioria das canções pop lhe soava monotonamente igual, disse. E a inanidade das letras (Por que nenhuma exceção a essa regra, nunca?, quis saber), a qual nunca a incomodara antes, agora a deprimia.

E, ultimamente, várias músicas clássicas também pareciam deprimi-la, disse. Era demais. Muito sérias, muito comoventes. Muito, muito insuportavelmente tristes, disse.

Fiquei surpresa ao ouvir isso. Recentemente, música clássica começou a me perturbar da mesma maneira. Músicas que eu amava e considerava uma bênção e um bálsamo, não conseguia mais ouvir, uma mudança que eu não compreendia, mas que achei desoladora.

Os donos da casa eram apaixonados por filmes antigos. Entre sua enorme coleção de DVDs estava *A cruz dos anos*, que nenhuma de nós tinha visto antes. Fiquei ansiosa para assistir quando me lembrei de que inspirara o grande filme de Ozu, *Era uma vez em Tóquio*.

A Grande Depressão. Tendo perdido a casa e todas as suas economias, um casal de idosos é forçado a pedir ajuda aos filhos. Eles não querem ser um fardo; na verdade, o homem faz todos os esforços para continuar sendo o provedor que fora em toda a sua vida laboriosa, mas encontrar um emprego na idade dele acaba sendo impossível. Para os filhos, lidar com pais necessitados é realmente um fardo, e eles pouco fazem para esconder seu ressentimento. Mãe e Pai, casados e felizes há mais de cinquenta anos, não suportam a ideia de separação, mas, para os filhos, essa é a única solução justa e viável. Supostamente apenas temporária, a princípio, a separação se torna permanente quando o Pai é forçado a se mudar para a casa de uma filha que mora a muitos quilômetros da Mãe, alojada com um filho e sua esposa. Eles organizaram um jantar de despedida para os pais, que, devastados pela traição de seus filhos e a fim de aproveitarem o último dia que lhes foi dado para ficarem juntos antes de o homem partir para a Califórnia, decidem recusar o jantar e torná-lo uma noite só para os dois. Jantam juntos no mesmo hotel onde passaram a lua de mel. Chega a hora em que o velho deve pegar o trem. Na estação, embora se comportem corajosamente, como se não fosse a última vez que se veriam (o Pai encontrará um emprego na Costa Oeste, ele mandará buscar a Mãe, eles estarão juntos novamente em breve, para nunca mais se separarem), é muito claro (para eles, para nós) como a história deles terminará.

A cena mais triste já filmada, assim a chamou Orson Welles.

Assistimos ao filme sentadas lado a lado no sofá nos agarrando e afastando, como duas pessoas tentando desesperadamente se salvar de um afogamento.

O que não quer dizer que tenhamos nos arrependido de ter assistido; não importa quão triste seja, uma história lindamente contada nos eleva.

Os donos da casa adoravam Buster Keaton. Vimos Buster Keaton correndo morro abaixo, esquivando-se de uma avalanche de pedras, tentando colocar a esposa bêbada e desmaiada na cama, fugindo de um exército de policiais, enroscando-se nas cordas de um ringue de boxe, tentando colocar a esposa bêbada e desmaiada na cama, sendo intimidado por vários homens bem maiores que ele, amando e sendo amado por uma grande vaca marrom, tentando colocar a esposa bêbada e desmaiada na cama. Vimos Buster Keaton cair, cair e cair de novo, vimos a cama desabar debaixo da esposa bêbada e desmaiada, e rimos e rimos, nos agarrando e afastando, como duas pessoas tentando desesperadamente se salvar de um afogamento.

— • —

Minha amiga praticou ioga por muitos anos — teve até um emprego de meio período como instrutora. Havia dois estúdios de ioga na cidade oferecendo dois tipos de aula, mas ela não demonstrou interesse em nenhum deles. Como muitas outras pessoas, praticava ioga principalmente para ajudar a manter a forma física. Nada a ver com iluminação. Seja lá o que as pessoas possam alegar, disse, ela mesma nunca testemunhara nenhum crescimento espiritual, nenhuma melhoria no caráter moral de qualquer conhecido que praticasse ioga — e o número de conhecidos dela que praticavam ioga era vasto —, nunca tinha visto ninguém que pudesse ser considerado uma pessoa melhor fazendo ioga, a menos que ser alguém melhor significasse se sentir melhor consigo mesmo; quando muito, disse, viu as pessoas se tornarem cada vez mais egocêntricas, algo que ela também notou em algumas que faziam psicoterapia. Em todo caso, ela não precisava mais se preocupar em estar em forma. Desde o diagnóstico, o único exercício que apreciava era caminhar. Dependendo de como se sentia, fazíamos passeios pela cidade ou pela reserva natural, embora tenha havido dias em que ela precisou ir muito devagar e dias em que precisou parar, sentar-se e descansar ao longo do caminho. Em geral, saíamos juntas, ainda que, ocasionalmente, quando eu me levantava, ela já estivesse na parte externa da casa, sozinha. Com frequência, ela se levantava muito cedo, antes do raiar do sol; eu tinha a impressão de que, às vezes, ela ficava acordada a noite toda, embora insistisse que, de fato, dormia muito bem. Sem medo de perder a consciência, sem medo do escuro, coisas tão comuns às pessoas que enfrentam a morte. Era porque não estava com medo, ela pensou; era porque estava pronta para partir. Ela descobrira que, ao contrário do prazer da música, o prazer do canto dos pássaros não diminuíra. Era uma das coisas que a atraíam à reserva natural nas primeiras horas. Haverá o canto dos pássaros no paraíso, disse, se o paraíso existir.

Eu também não estava interessada em ioga, mas procurei a academia mais próxima, um clube esportivo localizado no mesmo shopping da livraria, onde me disseram que eu poderia pagar para me exercitar sem um plano de assinatura, desde que contasse com um de seus *personal trainers*. Se eu chegasse sempre na mesma hora, poderia treinar com o mesmo profissional. Eu teria preferido treinar sozinha. Não gosto de ter alguém parado olhando e contando de modo que eu não consiga ter meus próprios pensamentos silenciosamente enquanto me exercito, e os *personal trainers* que vejo trabalhando na academia que frequento, muitas vezes, parecem tão entediados.

O *personal*, apesar de todos os músculos rijos tatuados, tinha o rosto de um menino de coral de igreja e os agudos puros de um menino de coral de igreja.

Começamos mal quando ele se dirigiu a mim como "mocinha". Mesmo depois de saber meu nome, às vezes me chamava de mocinha. Mas havia uma seriedade nele que eu apreciava, e ele nunca parecia entediado. E, depois de notar a concisão e a esquivança com que eu respondia às perguntas que fazia a meu respeito, ele parou de tentar puxar conversa e passamos nossas sessões de trinta minutos sem tagarelar.

Você já fez *burpees*?

Já.

Acha que consegue fazer dez em trinta segundos?

Consigo.

Nossa, isso é impressionante. Você está bem forte, mocinha.

Eu também estava bem sem fôlego. Enquanto recuperava a respiração, lembrei-me do que minha amiga havia dito, sobre o medo de que estar em tão boa forma física apenas tornaria seus estertores de morte mais agonizantes. Então aquilo me perfurou como uma lança. Sem esperança, a morte próxima, a mente querendo apenas se libertar, e o corpo, com vontade própria, lutando desesperadamente para continuar vivo, o coração enfraquecido a cada batida resfolegando não, não, não.

Que terrível. Que cruel. Que absurdo.

Algo errado?, perguntou o *personal*.

Fiz que não com a cabeça, mas logo em seguida deixei escapar que uma amiga estava morrendo.

Sinto muito, disse ele. Existe algo que eu possa fazer? Disse isso de maneira reativa, como as pessoas sempre fazem, esse clichê que ninguém realmente quer ouvir, que não conforta ninguém. Mas não era culpa dele o fato de que nossa linguagem tenha sido esvaziada, vulgarizada e estancada, deixando-nos sempre parvos e mudos diante da emoção. Certa vez, um professor do ensino médio nos fez ler a famosa carta de Henry James para sua aflita amiga Grace Norton, considerada, desde que fora publicada, um exemplo sublime de empatia e compreensão. Até ele começa admitindo: "Eu mal sei o que dizer".

Vamos nos sentar, propôs meu *personal*. E o fizemos, nos sentamos juntos em um dos altos tapetes de ginástica acolchoados dispostos no chão.

Gostaria de poder dar um abraço em você, disse ele. Mas não podemos mais tocar os clientes. O gerente tem medo de uma ação judicial ou algo do tipo. É um problema, porque é difícil fazer correções na postura e explicar coisas como o alinhamento adequado apenas com palavras. E o toque é tão importante.

Meu rosto agora estava enfiado na minha toalha. Meus ombros sacudiam.

Então você só precisa imaginá-lo, disse ele. Imagine meus braços ao seu redor agora, em um abraço longo e caloroso. A voz dele falhou. Sinto muito, disse. Desde criança, não consigo não chorar quando vejo outra pessoa chorando.

Isso é porque você ainda é uma criança, respondi sem falar.

Assim que cada um de nós se recompôs, ele disse: É tão bom que você esteja malhando. O exercício é o melhor remédio para o estresse. E saiba que estarei sempre aqui para ajudá-la.

Mas, depois daquele dia, eu não voltaria mais. Na verdade, levaria muito tempo até que eu pudesse voltar a malhar. Quando estávamos nos despedindo, ele falou: Sinto muito por tudo que está enfrentando. Prometa-me que não vai esquecer de se cuidar.

Fechei os olhos para que ele não me visse revirá-los.

Eu estava no estacionamento quando o ouvi gritar meu nome.

Sinto muito, disse enquanto corria em minha direção. Eu simplesmente não podia deixar você ir assim. Então, depois de uma rápida olhada ao redor para ter certeza de que ninguém estava olhando, ele me deu um abraço longo e caloroso.

No caminho de volta para casa, imaginei-me compartilhando essa história com minha amiga, antes de cair em mim e perceber que não poderia fazer isso.

Não sei quem foi, mas alguém, talvez Henry James, talvez outro, afirmou existirem dois tipos de pessoas no mundo — as que, ao verem outra pessoa sofrendo, pensam: Isso pode acontecer comigo; e as que pensam: Isso nunca vai acontecer comigo. O primeiro tipo nos ajuda a perseverar, o segundo torna a vida um inferno.

|||

Indo para a academia, eu disse à minha amiga. Volto logo. Na realidade, eu estava indo encontrar meu ex. Tínhamos combinado um *brunch* em um dos restaurantes à beira-mar da cidade na manhã seguinte à palestra dele na conferência.

Quando perguntei como tinha sido, ele encolheu os ombros.

"Eles não ficaram felizes com o fato de eu não responder a perguntas. Alguém disse que era uma covardia. Houve um tempo em que isso teria importância para mim."

"Não mais?"

"Nunca mais."

"Você não se importa mais com o que as pessoas pensam de você."

"Claro que me importo. Mas, como a maioria das pessoas, passei muito tempo me preocupando com o que pensavam de mim. Minha imagem. Minha reputação. Não tenho certeza se elas realmente importavam, ou pelo menos não tanto quanto pensei que importavam. Não que eu não consiga nomear coisas mais estúpidas nas quais perdi metade da vida pensando. Estou obcecado atualmente pelos tipos de coisa em que as pessoas estão prestando atenção, apesar dos problemas reais de que não querem tratar. Eu me divirto com a página inicial do site do *New*

York Times, rolando as manchetes assustadoras até o artigo sobre um estilo de vida melhor, ou seja lá como se chama: 'Como manter a postura correta', 'Como limpar o banheiro', 'Como preparar a merenda escolar'." "Modo de vida *mais inteligente*." Houve momentos na vida em que me concentrar em coisas como limpar o banheiro me ajudava a me manter sã. Houve momentos em que tudo parecia depender de eu conseguir ou não realizar a mínima tarefa. Momentos em que nada significava mais do que aquela hora do dia em que me ausentava do trabalho, encontrava um lugar tranquilo e comia o sanduíche e o pedaço de fruta que havia embalado pela manhã. Um momento de paz. A ansiedade e a depressão mantidas sob controle. Eu poderia fazê-lo, então. Eu poderia viver outro dia.

"Admito que meu interesse pelas coisas vem diminuindo há anos", disse meu ex. "Não leio um romance há... ah, nem sei dizer há quanto tempo. Na verdade, os únicos livros que leio agora são para o trabalho. Vejo um pouco de televisão quando estou exausto demais para fazer qualquer outra coisa. Não vou mais ao cinema. Nem a museus, a concertos. Nem férias eu tiro, nem é preciso dizer. Nenhuma viagem, a não ser a trabalho."

Por décadas, ele rodou o mundo dando palestras sobre arte e cultura. Como pôde ter perdido completamente o interesse nisso?

"Se cada poeta do mundo se sentasse hoje e escrevesse um poema sobre a mudança climática, isso não salvaria uma árvore. Enfim, arte... a grande arte me parece algo do passado."

"Isso é ridículo. Existem mais artistas profissionais trabalhando agora do que jamais houve."

"Eu não teria tanta certeza. Mas certo tipo de gênio artístico parece não ocorrer mais. Estamos na era da grande tecnologia, na qual proliferam gênios, mas o último artista criativo no mesmo nível de, digamos, Mozart ou Shakespeare foi George Balanchine, que nasceu em 1904.

Em todo caso, certamente não acredito no poder redentor da arte como já acreditei. Quer dizer, quem pode acreditar? Considerando ao que chegamos."

"E sexo?"

"O quê?"

"Voltando ao que você disse sobre sua falta de interesse nas coisas que costumavam ser importantes para você."

"Ah. Isso também", admitiu. "Um alívio, francamente. Muitos homens passam a maior parte da vida andando por aí se sentindo como cães. Quando olho para trás, para ser honesto, diria que, de modo geral, minha vida sexual me foi mais degradante do que satisfatória. Se houvesse uma droga para matar minha libido, eu a teria tomado, pelo menos durante meus anos mais selvagens. Isso me teria feito uma pessoa melhor. De qualquer forma, eu me tornei uma espécie de monomaníaco, é verdade. Hoje em dia, só escrevo e dou palestras sobre um assunto. Mesmo que isso me faça me sentir como Cassandra. Mesmo que as pessoas me odeiem tanto que me ameacem de morte. Graças a Deus, estou solteiro agora e moro sozinho. Mas não são apenas pessoas estranhas, você sabe. Muitos amigos me abandonaram. Meu próprio filho mal fala comigo porque não escondi quão chocado fiquei com o fato de sua mulher estar esperando o terceiro bebê. Ele não me quer perto dela. Diz que posso assustá-la a ponto de levá-la a um aborto."

"Então você já tem dois netos. Não sabia disso."

"Dois meninos, cinco e três anos."

Como se lida com isso? Durante anos, vocês compartilham uma vida, a mesma casa, a mesma cama, os mesmos (ou, ao menos, ousaram acreditar nisso) planos futuros. Passam tanto tempo juntos, raramente tomando uma atitude sem consultar o outro, chegam a um ponto no qual é difícil dizer onde termina um e começa o outro...

"Você tem fotos deles?"

... e então, incrivelmente na duração de uma existência (e quão curta, afinal de contas, ela é), chega o dia em que você não sabe nada da vida do outro, nem mesmo dos detalhes mais importantes.

"Claro que tenho. Mas sei que você realmente não quer vê-las, está apenas sendo educada."

Aquela vez no metrô: indagando-me por que diabos aquele homem estava sorrindo para mim, até que ele se inclinou e disse seu nome. Alguns anos antes, recém-saídos da escola, havíamos montado uma casa juntos. De alguma forma, deixei de reconhecer esse grande amor da minha vida (agora casado, descobri, e pai recente) sentado à minha frente no expresso da cidade.

"Mas isso deve ser muito doloroso para você, uma vez que é tão pessimista em relação ao futuro deles."

Foi porque ele mudou tanto, ou porque o enterrei tão fundo, a sete palmos dentro do meu coração.

"Insuportável."

Outra vez, outro ex. Avistei-o pela janela de uma pizzaria. Muito ocupado com seu celular para notar que eu o olhava fixamente, voltando aos anos de paixão e tristeza. *Os anos perdidos*, como vim amargamente a lamentá-los. Olhando para dentro, sem me importar em atrair a curiosidade de vários clientes, quero saber por que não sinto mais nada. Quero saber como, onde antes estava tudo, nada mais poderia haver.

No filme mais romântico já feito, uma garota anseia pelo namorado, distante, na guerra, mesmo quando se pega esquecendo o rosto dele. Eu teria morrido por ele, diz ela. Como é que não estou morta?

O musical mais triste de todos os tempos, disse um crítico. *Os guarda-chuvas do amor.*

"E você realmente acha que não há esperança."

E, anos depois, dentro do trem para visitar uma amiga na Filadélfia, reconheci, através do espaço entre os dois assentos à minha frente, sua mão, sua mão direita (tudo o que pude ver) segurando um livro. Devo falar com ele? Não. Nem mudei para outro vagão. Simplesmente fiz a viagem atrás dele, perguntando-me: Por que não sinto mais nada? Lembro-me muito bem, contudo, do que *senti*. O amor. O ódio. A promessa feita: Nunca mais. Nunca mais permitirei que minha vida seja emendada com a vida de outra pessoa... "Você ouviu o que eu penso", disse ele. "Leia o que diz a ciência e veja o que o mundo está fazendo a respeito. Poderia ser mais simples? Continue liberando carbono no ar, e, mais cedo ou mais tarde — e tudo indica que mais cedo —, estaremos ferrados. E não se engane: se há, de fato, um raio de esperança, isso depende da sobrevivência da democracia liberal. Nada vai apressar mais o fim de um planeta habitável do que a ascensão da extrema direita. E eis que aqui estão eles, os dois espectros marchando lado a lado."

"Mas, você sabe", eu disse, "essa sua ideia de as pessoas não terem filhos. O passo lógico seguinte não seria as pessoas começarem a se suicidar? Porque, afinal, tudo o que fazemos está, realmente, contribuindo para o problema. Cada vez que acendemos uma lâmpada, ou entramos em um carro, ou fazemos qualquer coisa do tipo, estamos usando recursos, poluindo a Terra, destruindo outras espécies e condenando nossos descendentes. Se um número suficiente de nós fizesse o sacrifício eliminando a nós mesmos... isso não ajudaria?"

"Isso não vai acontecer, obviamente."

"Assim como as pessoas não vão parar de ter filhos."

"Mas chegaremos a isso."

"O quê?"

"Pessoas se suicidando para escapar do calor e da escassez de alimentos e de água potável. Muitas o farão antes de chegar a isso."

"Você faria?"

"Não acho que eu traga isso em mim. Acho que a maioria das pessoas não traz, mesmo que pense que sim. Em todo caso, com exceção de uma guerra nuclear, nossa geração — aquela mesma que poderia ter evitado essa catástrofe — será poupada do pior."

"Acabei de ler uma resenha de um livro sobre um assistente de laboratório que criou propositalmente um vírus de gripe pandêmica na esperança de matar um número suficiente de humanos para salvar o meio ambiente."

"Ah, jura? E isso deu certo para o meio ambiente?"

"O resenhista não disse. Sabe como é, não queria dar *spoiler*."

"Algum idiota fez piada sobre *eu* ser um *spoiler*. 'Ah, não', o sujeito tuitou, 'agora sabemos como a vida na Terra termina'. Acho que quis ser espirituoso."

"Apenas sarcástico, eu acho."

"Estou relatando os *fatos*. Por que grande parte da reação é ser tão hostil comigo?"

"É a sua atitude", respondi. "Você passa a impressão de ser ranzinza e arrogante... intimidador, até. E você não pode simplesmente chegar lá e dizer às pessoas que não há esperança."

"Quer dizer, a verdade? Porque não se pode acreditar seriamente que as pessoas vão se recompor e mudar as coisas nos poucos anos que restam antes de chegarmos ao ponto irreversível."

"Não sei. Mas há algo na maneira como você apresenta a verdade terrível, quase como se você sentisse prazer nela, como se isso lhe desse algum tipo de satisfação sombria. Em outras palavras, sua misantropia transparece."

Ele riu. "Meu mecanismo de defesa, você quer dizer. Você não pode acreditar seriamente que tenho algum prazer em imaginar o sofrimento reservado a meus netos. Mas é verdade, eu também me sinto hostil. Todas as outras questões à parte, quem poderia perdoar aqueles norte-americanos — e estou falando de todos os privilegiados e instruídos — que elegeram um negacionista da mudança climática para o cargo mais poderoso do mundo, ou os CEOs do petróleo que encobriram as próprias pesquisas sobre a conexão entre os combustíveis fósseis e o aquecimento global desde quando alguma coisa ainda poderia ter sido feita a respeito? A enormidade disso extrapola todos os episódios de genocídio do mundo, na minha opinião. Não sei você, mas perdi completamente a fé na possibilidade de que as pessoas possam fazer a coisa certa."

"Mas você deve ter alguma esperança, do contrário não continuaria palestrando."

"É uma contradição, eu sei. Acho que quero ao menos ser capaz de olhar meus netos nos olhos quando eles tiverem idade suficiente para me perguntar onde *você* estava, o que *você* fez. E, mesmo que eu saiba que não há mais esperança de acordar a humanidade idiota a tempo, por que as pessoas não deveriam ouvir a verdade? Por que não deveriam, pelo menos, pensar, ainda que apenas durante o tempo dedicado a ler um artigo ou ouvir uma palestra, na própria estupidez monstruosa e no mal que poderiam ter impedido, mas não o fizeram? A verdade é que, toda vez que vejo um recém-nascido, meu coração aperta. Sinto-me terrivelmente zangado, mas também terrivelmente culpado o tempo todo. Estou fazendo o que faço agora porque não fiz mais antes. Desperdicei minha vida com coisas que, por mais importantes que parecessem na época, acabaram se revelando banais."

"E você diz que não pode — ou não vai — perdoar os outros, mas quer perdão para si mesmo."

"Sim. Deles. Quero que meus netos me perdoem."

Naquele momento, uma mulher com um canguru para gêmeos, carregando uma das crianças na frente do corpo e a outra nas costas, entrou no restaurante — uma visão da qual meu ex, sentado de costas para a porta, felizmente foi poupado.

"Dito isso", acrescentou, "o croissant estava delicioso".

Uma de suas comidas favoritas, eu disse sem falar.

"E você sempre optou pelos de chocolate", respondeu ele mesmo assim.

Só então a conversa se voltou para minha amiga.

"Sei que ela nunca gostou de mim", disse ele. "Sempre que estávamos na mesma sala, eu podia sentir. Mas eu a respeitava. Ela era uma boa jornalista. Desculpe-me por falar no passado."

120 | SIGRID NUNEZ

"Ela não se importaria", disse eu, certa de que seria assim.

"Nunca tive dúvida de que ela está fazendo a coisa certa", disse ele. "Eu desejaria ser forte o suficiente para assim proceder se estivesse no lugar dela. E você também está fazendo a coisa certa — uma coisa realmente corajosa, na minha opinião", acrescentou. "Mas não posso imaginar o que você deve estar enfrentando."

E como eu poderia descrever isso?

Contei a ele a história de como minha amiga havia esquecido os comprimidos e tivemos que voltar dirigindo.

"Eu não deveria rir", disse ele.

"Ela não se importaria", repeti.

"Houve momentos cômicos", eu disse. "Esquecer de trazer os comprimidos, e então esse episódio que aconteceu há alguns dias. Como lhe contei, o plano dela é não me deixar saber exatamente quando tomará os comprimidos. Um dia, você vai acordar e pronto, disse ela. Você saberá porque a porta do meu quarto estará fechada. Ela sempre dorme com a porta do quarto entreaberta, hábito que adquiriu quando tinha gatos, e dormir em um quarto fechado tende a deixá-la claustrofóbica, disse ela. Então, naquela manhã, acordei mais cedo que de costume — ainda estava escuro — e vi que sua porta estava fechada. O que eu fiz? Entrei em pânico. Tive medo de desmaiar. Fui até a cozinha e vomitei na pia. Então peguei um copo d'água, mas minha boca tremia tanto que eu não conseguia beber. Sentei-me à mesa da cozinha e desabei. Continuei tentando me controlar, mas não conseguia. Finalmente, pude beber a água. Não tenho certeza de quanto tempo se passou, não pode ter sido muito, mas o dia começou a clarear. E, de repente, ouço um barulho, e, em seguida, ela entra na cozinha. O que se deu é que ela adormecera com a janela aberta — algo raro, porque está sempre com frio, sobretudo à noite, não importa quão quente e úmido esteja lá fora —, e, em algum momento durante a madrugada, o vento bateu a porra da porta."

"Eu sei que não deveria rir", repetiu, "mas lembra um pouco uma *sitcom*. *Lucy e Ethel praticam eutanásia*."

"Ah, pode acreditar, também rimos disso", admiti. "Na verdade, ninguém acreditaria na quantidade de risadas que rolaram naquela casa desde que chegamos. Mas isso foi só mais tarde. Na ocasião, não achei nada engraçado. Na ocasião, eu literalmente tremi de raiva. Queria quebrar tudo na casa, mas me contentei em arremessar o copo d'água contra a parede."

"E como ela reagiu a isso?"

"Superbem. Suas únicas palavras foram: 'Você realmente acha que é justo ficar com raiva de mim por ainda estar viva?'. E então, é claro, você pode imaginar como me senti. Mas, como falei, rimos disso mais tarde. É incrível como ela conseguiu manter o senso de humor. Até conseguiu ver um lado positivo. Pense nisso como um ensaio, disse. Agora que sabe como será, estará preparada."

Mesmo que eu tivesse pensado nisso muitas vezes, *A morte lhe cai bem* não era algo que eu pudesse expressar em voz alta.

"Eu a conheço todos esses anos e posso dizer que ninguém jamais classificaria aquela mulher como fácil de lidar", eu disse. "Eu estava tão preocupada em como seria estar com ela. Acontece que nos damos muito bem, é como se sempre tivéssemos morado juntas. O que foi?"

"Nada."

"Essa expressão no seu rosto..."

"Você acabou de me fazer recordar, só isso. Foi há muito tempo, mas, se não lembra, uma vez você me disse isso."

"Não lembro", eu disse. Embora eu lembrasse.

"Logo depois que fomos morar juntos", disse ele. "Aquele primeiro estúdio. Depois de uma semana, mais ou menos, você falou que era como se sempre tivéssemos estado juntos. Desculpe-me, não era minha intenção mudar de assunto. Vai demorar muito mais, você acha?"

"Não. Será em breve. A qualquer momento."

"Como pode ter tanta certeza?"

"Apenas sei." Novamente, como explicar isso? "Eu me tornei sintonizada com ela da maneira mais incrível. Estou prestes a perguntar se ela quer algo para beber, e ela diz: Você se importaria de me trazer um pouco de suco de laranja? Pego o controle remoto, e, no mesmo instante, ela pergunta: Podemos mudar de canal?"

Acontecia o tempo todo. A cada dia, a atmosfera da casa era um pouco diferente, um pouco mais carregada de alguma forma indefinível, e eu havia aprendido a interpretar aquilo. A qualquer momento a partir de agora. Não conseguia explicar, mas eu sabia.

"Eu sei que já discutimos isso", disse ele, "mas você precisa se lembrar de tomar alguns cuidados. Ela precisa deixar um bilhete". (Na verdade, aquele bilhete, já composto, estava em uma gaveta de sua mesa de cabeceira, faltando apenas acrescentar a data. Tudo parte de seu planejamento meticuloso.) "E não pode haver nenhuma evidência que possa ser interpretada como sua participação no plano, ou uma ajuda de qualquer natureza. Ninguém mais sabe, certo, além de nós três? Garanta que continuará assim. Ela está certa, talvez tenha sido adequado você ter participado daquele pequeno 'treino'. Você precisará se controlar. Não saia contando tudo quando os policiais chegarem. Eles examinarão a casa com muito cuidado. Farão perguntas a você. Siga o roteiro. E chame primeiro a polícia, antes de me ligar."

"Tenho de ligar para a filha dela também", eu disse. "Eu deveria ligar para ela antes de ligar para você."

"Tudo bem. Mas tome cuidado com as palavras."

"Isso é uma loucura." Meus olhos e minha garganta ardiam. "Não entendo por que temos que passar por tudo isso, como se fôssemos criminosas, pelo amor de Deus. Por que as pessoas que estão morrendo não deveriam ter o direito de acabar com a própria vida?"

"Elas terão — uma vez que há tantos idosos e doentes terminais, os quais ameaçam derrubar completamente o nosso sistema de saúde vacilante. O médico vai prescrever ao paciente uma receita, barata e fácil de adquirir, e será tudo perfeitamente dentro da lei. Não haverá mais necessidade de ir à *dark web*."

"Você acha mesmo que isso vai acontecer?"

"É a única solução prática... e a única compassiva, na minha opinião."

Exceto que a maioria das pessoas não vai escolhê-la. Foi o nosso pensamento comum não verbalizado.

— • —

Sabemos que a crença de que é eticamente errado que os seres humanos procriem não é nova. Na verdade, é antiga. A vida é sofrimento, o nascimento alimenta a morte, trazer a este mundo uma pessoa que não pode opinar sobre o assunto é moralmente injustificável, segundo a filosofia antinatalista. O fato de a vida também trazer ao indivíduo uma grande quantidade de prazer não muda nada, dizem os antinatalistas. Não nascida, a pessoa não teria perdido os prazeres da vida. Nascida, não tem escolha a não ser suportar sua infinidade de dores físicas e emocionais, como a dor que vem do envelhecimento, da doença ou da morte. A perspectiva de um futuro mais feliz, em que o sofrimento seria amplamente diminuído, não pode ser uma justificativa para o sofrimento que existe hoje. E, em todo caso, de acordo com um importante antinatalista contemporâneo, um futuro mais feliz é uma ilusão. O principal problema era, é e sempre será a natureza humana, diz o antinatalista. Tudo poderia ter sido diferente, é verdade. Mas isso teria exigido que fôssemos uma espécie diferente. Os humanos não aprendem. Cometem continuamente os mesmos erros terríveis, diz ele.

"Somos solicitados a aceitar o inaceitável. É inaceitável que as pessoas, e outros seres, tenham que passar pelo que passam, e não há quase nada que possam fazer a esse respeito."

Ao ser questionado se tem ou não filhos, o antinatalista não responde.

IV

Mais tarde me vi confessando a verdade, que não tinha ido à academia naquela manhã, mas encontrado meu ex, e que, apesar da promessa de sigilo que lhe fizera, tinha contado tudo a ele.

Uma semana antes, talvez, isso a teria incomodado, disse ela. Não me perguntou por que mudei de ideia.

Tempo. Ambas tínhamos plena consciência de que havia se tornado um elemento diferente do que era antes de cruzarmos a soleira daquela casa.

Tão estranho, ela disse antes, em uma de nossas caminhadas. Às vezes, parece que já estamos aqui há anos.

Eu sabia o que ela queria dizer. Em uma semana, nosso relacionamento havia evoluído tanto que eclipsou a amizade da nossa juventude. E foi essa nova intimidade que tornou os segredos e as mentiras intoleráveis.

Nunca gostei dele, disse ela. Mas, se está realmente tão atormentado quanto parece, sinto muito por ele. Como é triste desejar que os próprios netos nunca tivessem nascido. Embora, para ser honesta, estou feliz por não ter netos com os quais me preocupar.

Outra coisa que o futuro distópico talvez possa trazer: pessoas processando os pais por tê-las trazido à vida. Apontando como evidências a abundância de estudos científicos e as advertências que seus pais haviam recebido.

O QUE VOCÊ ESTÁ ENFRENTANDO | 125

O que vocês, seus cuzões, pensavam *que dois minutos para a meia-noite significava?*

Às vezes, sem que eu perguntasse, sem que eu dissesse uma palavra sequer, minha amiga respondia exatamente à pergunta que estava em minha mente. Ela desviava o olhar da janela, através da qual observava pássaros no alimentador que enchíamos duas vezes ao dia, ou levantava os olhos do livro que tentava — em geral, sem sucesso — ler e falava.

Tenho saudades da infância, disse ela. Eu era uma criança feliz e sou grata por isso, porque muitas pessoas que conheci cresceram com dificuldade. Mas me vejo caminhando do ponto de ônibus para casa, balançando minha pequena mochila de couro marrom, um dos meus pertences favoritos, como eu gostaria de tê-la guardado — como eu gostaria de poder tocá-la agora —, e cantando uma das canções que havíamos aprendido naquela semana. Adorava as aulas de música! A professora colocava um disco, e nós o ouvíamos; então nos ensinava a canção, e nós a cantávamos a plenos pulmões, os talentosos e os desafinados, todos alegremente juntos. Faz um tipo de som particular, não sei se já notou, aquela mistura de vozes desiguais, sem dúvida desagradável para muitos ouvidos, mas, durante toda a minha vida, fiquei arrepiada ao ouvir crianças cantando, especialmente quando o faziam mal. Quando cantam bem, quando se trata de uma apresentação séria, ensaiada, elas parecem anjos, disse ela, mas, para mim, não parecem tão livres ou felizes, não estão se divertindo tanto.

Aquela amada mochila escolar, ela continuou, e seu precioso conteúdo: o caderno de anotações Mead preto e branco, o fichário com divisórias e abas em tons pastel, as canetas e os lápis, o apontador, a borracha, a régua, o transferidor e o compasso — tudo aquilo fazia me sentir muito importante. A escola, em geral, fazia me sentir amada. Lembro-me da sensação com muita clareza, disse ela, mesmo que eu não pudesse expressar. O fato de alguém querer me ensinar coisas, se importar com minha caligrafia, meus desenhos de boneco-palito, as rimas em meus poemas. Isso era amor. Isso certamente era amor, disse ela. Ensinar é amor. E, de certa forma, esse amor significava mais para mim do que o amor de meus pais, porque meus pais exageravam cada pequena coisa boa, minha mãe e meu pai jamais foram críticos, elogiavam tudo igualmente, disse ela, todos os meus esforços, e, se eu me saísse mal, culpavam a prova ou a tarefa, por ser muito difícil. Ao contrário de meus professores, não faziam distinção entre esforço e realização, disse ela, mas não me deixei enganar, eu sabia que não podia confiar no que eles diziam, então era a opinião dos professores que realmente importava. Em todo caso, meus pais não eram do tipo que desejavam estar totalmente envolvidos na educação dos filhos. Essa era a função da escola, segundo eles. Sei que muitas crianças aprendem a ler desde cedo, em casa. Mas, para mim, aquele acontecimento memorável — o degrau mais importante da minha vida — deu-se somente na escola.

Posso citar todos os professores que tive na escola primária, disse ela, começando com o jardim de infância: srta. Gillings, sra. Matthews, srta. Lopez, srta. Banks, sr. Goldenthal, sra. Hershey, sr. Cork. Amava todos eles. Amava todos os meus professores quando era criança. Até mesmo aqueles que, mais tarde, compreendi não serem realmente tão bons quanto pareciam para mim — eram, na verdade, muito ruins em seus empregos. Ainda me lembro deles com carinho, disse ela.

(Aqui me vem à mente a conversa que tive uma vez com um homem que se formara poucos anos antes em uma faculdade onde eu lecionava. Quando indagado com quem havia estudado ali, ele não conseguiu se lembrar de um único nome.)

Minha memória é a de que eu não era incomum, disse minha amiga. Minha memória é a de que a maioria dos meus colegas também gostava da escola. Mas também me lembro de momentos ruins, crianças chateadas, crianças com dor. Lembro-me de ter ficado perplexa com uma garota em particular. Winnie. "Winnie, a Ursinha Pum." Ninguém gostava dela, nem mesmo o professor escondia a antipatia por essa garota, mas não era claro para mim o que havia de tão ruim nela. A mãe dela, no entanto, realmente a vestia de maneira engraçada, como uma órfã em ilustrações de um romance vitoriano: vestidos sem forma, escuros e lisos, que iam até os joelhos — agora penso que deviam ter sido feitos em casa, todos cortados no mesmo padrão — e sapatos oxford desajeitados que pareciam ortopédicos. Contudo ela nunca incomodou ninguém, era reservada, sentava-se afundada na cadeira, claramente tentando ser invisível. Mas, de vez em quando, sem motivo aparente, no meio da aula, enquanto o professor falava ou escrevia no quadro, aquele som horrível, aquele uivo de animal, vinha à tona, e todos nos virávamos para vê-la sentada ali, com a cabeça jogada para trás e a boca escancarada, fechando e abrindo os punhos, soluçando. Uma visão terrível, mas, ao mesmo tempo, tão esquisita, tão cômica, devo dizer, que algumas crianças até riam.

Eu ficava chocada, mas também hipnotizada, disse minha amiga. Eu era uma criança protegida — o que sabia sobre sofrimento? E me lembro de como me senti mal por ela. Na verdade, sempre pensei nisso como minha primeira experiência real de piedade. Lembro-me de como era estranho, a maneira como parecia ser uma sensação ruim e boa ao mesmo tempo — como isso era possível? E era mais do que apenas sentir pena de alguém — isso era algo que eu já havia sentido muitas vezes. Era algo maior e exigia algum tipo de ação.

Uma chance de agir nobremente! Eu não poderia ter ficado mais contente. Eu faria amizade com essa pequena pária patética e infeliz. E minha opinião sobre mim era tão elevada que acreditei que a honra e a bênção de minha atenção eram o necessário para mudar a vida dela. Ah, lembro-me de como fiquei emocionada ao sentir esses impulsos magnânimos arrepiando minha espinha.

Mas, em vez de aceitar, quanto mais retribuir, meus gestos de amizade, Winnie foi hostil comigo. Um dia, quando pedi para usar o banheiro, ela foi até minha mochila. Embora eu soubesse o que ela tinha feito — ela não resistiu em sorrir para mim quando voltei para a sala —, quando a professora nos pediu para tirar nossos cadernos, em vez de acusar Winnie de roubá-lo, me deixei ser punida por ter "perdido" o meu. Curiosamente, foi logo depois disso que Winnie decidiu que, afinal, queria que fôssemos amigas. Falemos sobre punição! A turma era muito gentil: ela realmente era uma chata, a primeira depressiva crônica que conheci, ela deve ter sido, sem um pingo de animação no corpo, de alegria no coração, de sonho na cabeça. Winnie, a Ursinha Pum! Estar com ela era como estar presa em um porão escuro e mofado. Pelo resto daquele ano letivo, ela grudou em mim e então, infelizmente, como *slime*, fez aquilo que as outras crianças não queriam fazer com ela. Era ou ela, ou meus outros amigos, mas não era tão fácil escolher os outros. Eu simplesmente não conseguia fazer o que precisava ser feito para me livrar dela — não quando fora eu que iniciara a amizade. Fiquei muito envergonhada, e também muito aliviada, quando, no início do ano letivo seguinte, ela e eu acabamos em classes diferentes.

Você volta, disse minha amiga. Sua mente leva você de volta. Existe uma chave, ou você pensa que existe uma chave. Uma mão em sua mente se estende... Ah, mas você deve estar exausta de me ouvir falar assim.

Não, continue. Estou ouvindo. Eu quero saber. Continue.

Tenho saudades da infância, disse ela. Quando eu estava na terceira série, um menino se apaixonou por mim. Ele até me pediu em casamento. É sério! Certo dia, durante o recreio, ele se ajoelhou e perguntou: Quer se casar comigo? E respondi: Cadê a aliança? Deveria haver uma aliança. E algumas crianças se reuniram à nossa volta e começaram a rir dele. Por mais ou menos uma semana, ele andava parecendo chateado, sem falar comigo ou com qualquer outra pessoa. E então, um dia, ele fez de novo, ajoelhou-se — e me mostrou uma aliança. Que aliança! A coisa mais linda e brilhante, mas era grande demais para mim. Eu ia usá-la em uma correntinha no pescoço, mas descobriu-se que ele a tinha roubado — era a aliança de noivado de sua irmã mais velha! Graças a Deus eu não a perdi.

Há determinado tipo de felicidade, disse minha amiga, apenas disponível para crianças pequenas. Quero dizer, quando se é criança, é possível estar totalmente focada em apenas uma coisa. É seu aniversário. Você pediu uma bicicleta, um cachorrinho ou patins novos. Conforme o dia se aproxima, isso é tudo em que você pode pensar. E então acontece, seu desejo realizado, seu sonho tornado realidade, e não existe nada para estragá-lo. Ao conseguir o que desejava, é como se tivesse recebido tudo. Mas, depois de uma certa idade, tal sentimento — aquela felicidade pura — não ocorre, não pode ocorrer, porque você nunca mais vai querer apenas uma coisa, uma vez que você atinge a puberdade, isso não é mais possível.

(Agora me lembro da filhinha de uma amiga cujo desejo mais profundo era ter uma boneca Barbie. Por um tempo, sua mãe, que desaprovava a boneca sexualizada, resistiu. Então, em um Natal, cedeu. Quando a tirou da caixa, a arrebatada criança de seis anos declarou em uma voz apaixonada: Barbie! Eu te amo! Sempre te amei!)

Para mim, disse minha amiga, o primeiro dia de aula era o mais feliz do ano. Lembro que ficava tão animada que não conseguia dormir na noite anterior. Íamos à igreja todos os domingos, mas, para mim, a escola era o verdadeiro lugar sagrado, um lugar de esperança, gratidão e alegria. A adoração a Deus uma vez por semana era completamente abstrata, porém o amor pelo aprendizado — aquilo era real.

Mas gostaria de saber, perguntou ela, por que não ocorreu o mesmo com minha filha? Por que não fui capaz de dar a ela uma infância mais parecida com a minha? E meus pais, que desempenharam um papel tão importante na educação dela, sobretudo minha mãe, por que nós duas crescemos tão diferentes? Lembro que, quando criança, eu era tolerante, tinha o espírito justo. Gostava de todos, nunca fui má, brincava bem com os outros, sabia partilhar, sabia ouvir. Então por que cresci tão impaciente? Quantas vezes já foi dito a meu respeito que não tolero gente burra. E é verdade, não tolero, e sempre me senti orgulhosa em ouvir isso. Mas, quando

130 | SIGRID NUNEZ

penso como meus pais sempre foram acríticos, indulgentes e carinhosos, por que eu, como adulta, como mãe, não fui assim também? E, apesar de todo o meu amor pela escola e pelas boas lembranças dos professores, eu odiava lecionar, fugi de lecionar o máximo que pude, e, sempre que lecionava, não era nada parecida com meus antigos professores, também não era uma boa professora, não tinha paciência com os alunos — assim como não tinha paciência com meus colegas de classe na faculdade e na pós-graduação e como nunca tive paciência com a maioria dos que lecionaram comigo. *Fria. Intimidadora. Arrogante. Assediadora. Professora dos infernos. Vaca.* Era esse o tipo de coisa que meus alunos escreviam sobre mim nas avaliações do curso. E, em vez de me importar com isso, simplesmente parei de ler o que diziam. Mas agora não consigo parar de me perguntar, quando olho para trás, quando me lembro dos meus professores, quando me lembro de toda aquela felicidade e de todo aquele amor, por que desprezei o ensino durante toda a minha vida adulta?

Estou perdendo a voz, disse. (Ela estava falando sem parar havia horas.) E você deve estar cansada de ouvir tudo isso.

Fiz que não com a cabeça. Na verdade, estava fascinada. Na verdade, minha atenção estava tão concentrada em cada palavra dela que quase parecia haver algo de indecente naquilo.

Acho que nunca lhe contei esta história, começou ela certa vez. Não, ela não tinha contado, mas eu a conhecia mesmo assim, ou ao menos a versão do boato que circulara. Quando a filha era adolescente, ela causou um problema para minha amiga e um homem.

Pode imaginar algo mais sórdido?, perguntou minha amiga. Sua filha dando em cima do seu namorado. E bem embaixo do seu nariz. E ele ficou todo envaidecido, o idiota. Tive que bani-lo de nossa vida antes que o inominável acontecesse. Até ameacei chamar a polícia. E, tão logo ele se foi, minha filha o esqueceu completamente. Não que ela se importasse de verdade, é claro. Ela não era nenhuma inocente indefesa. Tudo o que queria era me machucar. E que o maior número possível de pessoas ficasse sabendo, para eu sofrer a maior humilhação possível.

Foi quando entendeu quanto a própria filha a odiava, disse minha amiga.

Ela nunca superou isso. Uma mancha em sua vida que nunca poderia ser lavada, descreveu. Uma tristeza que poderia surgir inesperadamente a qualquer momento, e que parecia surgir em momentos particularmente felizes ou tranquilos, disse ela, para arruiná-los.

Eu podia estar em um dia perfeitamente satisfatório, cuidando da minha vida, quando, de súbito, sem motivo aparente, a memória de tudo voltava, e eu era forçada a reviver aquilo. Aprendi que poderia superar essa situação me enterrando no trabalho, mas houve momentos em que isso bastava para me afundar em uma depressão durante dias.

Mas elas nunca tentaram falar sobre aquilo?, perguntei. Isto é, quando a filha dela estava mais velha.

Tentaram, respondeu. E não chegaram a lugar nenhum. A memória da filha sobre o incidente era bem diferente. Na opinião da jovem, ela não era a culpada. Afinal, não passava de uma criança. A culpa era do homem, disse ela. Era um canalha, mas sua mãe estava muito apaixonada para perceber. Em primeiro lugar, ela só podia culpar a si mesma por trazer um cara desses para a vida delas.

Muito mais tarde, diria que a mãe havia reagido de maneira exagerada. Se tivesse sido tão importante quanto sua mãe parecia pensar, certamente isso a teria marcado, disse a filha. Mas, na verdade, ela não conseguia sequer se recordar de qual dos namorados da mãe estavam falando. E, ainda mais tarde, insistiu que a mãe havia confundido tudo. Entre ela e esse cara, fosse quem fosse, nada tinha acontecido.

Você quer perdoar tudo, disse minha amiga, e deve perdoar tudo. Mas descobre que não pode perdoar algumas coisas, nem mesmo quando sabe que está morrendo. E então aquilo se torna uma ferida aberta, disse ela: a incapacidade de perdoar.

V

Você percebeu?, perguntou ela. O rosto dela mudou.

Referia-se ao retrato na sala de estar. Nós o tínhamos engrandecido mais do que nos acostumado a ele. Não era mais uma monstruosidade, tornara-se uma presença misteriosamente reconfortante. Ela parecia estar cuidando de nós, ambas concordamos.

Como um espírito, disse minha amiga.

Como o santo doméstico.

A expressão em seu rosto mudou, insistiu minha amiga. Ela parece mais triste.

Não, não exatamente mais triste, repliquei. Talvez mais suave. A primeira vez que a vi, achei que parecia um pouco sisuda.

Antes, ela nos desaprovava. Agora nos aceitou.

Passou a nos conhecer melhor. Agora gosta de nós.

É reconfortante, disse minha amiga, olhar para ela. Se você ficar encarando os olhos dela, isso vai acalmá-la.

Coloque nela uma auréola, eu disse, e ela parecerá um ícone.

Abaixo do retrato havia uma mesa estreita com tampo de mármore. Minha amiga, um dia, pôs ali uma vela e um pequeno vaso de estanho com flores silvestres que havia colhido.

Você fez um santuário, eu disse. Isso me faz querer rezar para ela.

Rezemos.

Sonhei que estava dormindo, disse minha amiga, e em meu sonho abri os olhos e a vi parada ao lado da cama, curvada sobre mim.

Não foi um sonho. Eu também a vi.

— • —

Talvez você possa ler um pouco para mim, disse ela. Jamais gostei de audiolivros, mas, agora que não consigo ler sozinha, é agradável que leiam para mim. Perguntei o que ela queria que eu lesse, e ela apontou para o livro sobre a mesa de centro, local onde eu o havia deixado dias atrás.

Amo romances policiais, disse ela. Eu lia um ou dois por semana. Não precisa começar do início, apenas resuma o que aconteceu até agora.

Na última parte do livro, o foco narrativo muda da terceira para a primeira pessoa. Quem fala agora é a atriz em ascensão, e entendemos que tudo o que havíamos lido até ali fora sua ficcionalização de eventos reais. O livro, escrito sob um pseudônimo masculino, está prestes a ser publicado. Agora tomamos conhecimento de sua vida nas três décadas seguintes ao seu relacionamento com o assassino em série: como a experiência a traumatizou a ponto de ela mal conseguir trabalhar, muito menos continuar investindo em sua carreira artística outrora tão promissora. E ainda havia algo mais, algo muito mais horrível na história.

Depois de ser abandonada pelo assassino, a melhor amiga da atriz descobre que está grávida. Quando descobre que o pai da criança é um assassino psicopata, já é tarde demais para se submeter a um aborto. Ela traça um plano para esconder sua condição pelo resto da gestação e dar à luz em casa, em segredo. Pede ajuda a um amigo próximo, com quem se retira para um esconderijo rural. O plano é abandonar o recém-nascido em um lugar seguro, mantendo desconhecida e indeterminada para sempre a identidade dos pais da criança. Mas as coisas dão errado, e o bebê morre dois dias depois de nascer. A essa altura, o rapaz, atormentado por medos e arrependimentos em relação à sua cumplicidade, implora à narradora que vá ao esconderijo e tente persuadir a amiga deles, agora gravemente deprimida e se comportando de maneira irracional, a consultar um médico. Por conseguinte, a narradora é uma testemunha da morte do bebê. Até hoje, ela nos conta, nunca teve certeza se ele foi vítima de morte súbita infantil ou de outra causa natural, ou se não acabou, de fato, sufocado pela mãe, emocionalmente perturbada. Então, para proteger sua amiga e o jovem (e, por extensão, ela mesma) do que provavelmente seria uma investigação criminal — a qual poderia muito provavelmente conduzir a uma acusação de assassinato —, ela concorda em guardar segredo sobre a criança, cujo corpo o homem, sozinho, vai enterrar na floresta.

Nas páginas finais sabemos que, enquanto a mãe do bebê passou a levar uma vida normal, o jovem, incapaz de conviver com o peso da culpa e do segredo, suicidou-se. A narradora está prestes a se casar com alguém que descreve como o amor de sua vida. Ela revelou a essa pessoa a história completa do assassino em série, porém nada mais sobre o restante. O dia do grande casamento está próximo. O livro termina com ela ponderando se deve permitir que seu amado se case com ela sem saber toda a verdade. Decide fazer uma confissão completa, sabendo que aquilo pode levá-la a perder sua última chance de ser feliz.

Ahh, disse minha amiga. Uma reviravolta. Termina supostamente feliz com um casamento, mas então cria um abismo.

Segundo meu professor de inglês do ensino médio, existem dois tipos de romance ficcional. Metade deles poderia ser chamada de *Crime e castigo*, e a outra metade, de *Uma história de amor*. Mas, ao se pensar nisso, muitos podem ser as duas coisas.

Crime e castigo: uma história de amor. Eis um bom título. De toda forma, não dizem que toda boa história é uma história de suspense? E que toda história é uma história de amor. E que toda história de amor é uma história de fantasmas. E que todo mundo ama alguém algum dia. Pare!, gritou. Dói quando rio tanto assim. (Ela estava se referindo às várias cicatrizes cirúrgicas.)

Eu tinha no meu Kindle alguns romances recentes, mas minha amiga não estava interessada em ouvir nenhum deles. Ela não gostava do que chamava de onda de vandalismo nos escritores de ficção contemporâneos. Citou John Cheever sobre a diferença entre um horror fascinado pela vida e uma visão de vida.

Hoje parece prevalecer o horror fascinado, disse ela. Ou ele, ou um sentimento banal nada convincente.

Todos esses livros sobre a horribilidade da vida moderna, prosseguiu ela, muitos deles brilhantes, eu sei, eu sei, você não precisa me dizer. Mas não quero mais ler sobre narcisismo e alienação e a futilidade das relações entre os sexos. Não quero mais falar sobre crueldades humanas, em particular as masculinas. O que aconteceu com a ideia de Faulkner de que a função do escritor era erguer as pessoas?

Como Faulkner repreendeu o jovem escritor de seu tempo: Ele escreve *como se compartisse e observasse o fim do homem.*

Ele escreve não a partir do coração, mas das glândulas. Foi devido ao temor que o escritor escreveu dessa maneira, disse Faulkner. O medo que ele compartilhava com todas as outras pessoas na Terra: o medo de explodir. Mas era dever do escritor superar esse medo, disse Faulkner. Valor era o que Faulkner clamava, naquele dia em Estocolmo, em 1950. E então: um retorno às *velhas verdades universais — amor e honra e piedade e orgulho e compaixão e sacrifício.* Na falta disso, avisou Faulkner, sua história durará apenas um dia.

Belas palavras. Realmente belas palavras. Mas, de todas as maneiras de olhar para um escritor hoje, aquela que o estabelece como um cavaleiro de armadura brilhante me parece provavelmente a mais forçada.

Outra vez, minha amiga me pergunta: Você acha que seria mais fácil deixar a vida se pudesse se convencer de que tudo era horrível e o futuro, totalmente sombrio? Mas não suporto pensar que irei embora e o mundo não continuará, infinitamente rico, infinitamente belo. Vá por esse caminho e não haverá consolo.

Eu mesma, conforme conto agora à minha amiga, sempre fui assombrada pela cena de um filme antigo baseado na vida da família Brontë. Uma das irmãs, que sabe que está morrendo, diz que, por sempre ter tido medo da vida, não se importa muito em deixá-la. Mas então, em um dia como este, diz, quando o mundo é tão bonito (ela está sentada em algum lugar ao ar livre, eu lembro, sem dúvida em algum lugar na charneca), ela confessa que não se importaria de viver só mais um pouco.

Eu estava zapeando pelos canais, e essa foi a única cena que vi. Foi há muito tempo — poderia ser uma lembrança equivocada. Mas era assim que ela sempre ressurgia para mim. E ela ressurgia muito para mim.

Enquanto isso, eu examinava os livros da grande estante na sala de estar. Que tal este?, sugeri, puxando um pesado volume da prateleira mais baixa: *O melhor do folclore e dos contos de fadas de todo o mundo.*

Deuses e heróis, príncipes e camponeses, gigantes e gnomos, feiticeiros, trapaceiros e animais, animais, animais.

Essa seria a nossa leitura daqui por diante. Ela não se cansava disso. Agora fui eu que quase perdi a voz dela.

Muito se falou sobre as histórias policiais serem como contos de fadas — e populares, por alguns dos mesmos motivos. Em vez de ogros, assassinos em série. E, embora possam não ser puros de coração — nem príncipes, nem cavaleiros andantes, nem santos —, os detetives, ainda assim, são heróis, justos, isso quando não são nobres vingadores. Tudo é simplificado. Personagens: tipos. Código moral: claro. Onde reside a culpa ou a inocência: evidente. Crueldade, violência e sangue em excesso, mas, no fim, os maus são derrotados, e, mesmo que os bons não vivam felizes para sempre, há um desfecho, o tipo de desfecho que geralmente escapa às pessoas reais.

Exceto que os contos de fadas são lindos, disse minha amiga. Os contos de fadas são sublimes, e as histórias policiais, não.

Outro contraste: diferentemente das histórias policiais, os contos de fadas não são escapistas. Mesmo que também simplifiquem e respeitem fórmulas familiares, as verdades nos contos de fadas sempre são profundas. É por isso que as crianças os amam. (Quem sabe melhor do que uma criança o que é estar à mercê de forças ocultas e arbitrárias e que tudo pode acontecer, não importa quão estranho seja, para o bem ou para o mal?) Os contos de fadas são reais. São mais misteriosos do que qualquer romance policial. É por isso que, diferentemente deles — destinados a entreter e depois ser esquecidos —, os contos de fadas são clássicos. São do coração, não das glândulas.

Gosto do fato de que devemos os contos de fadas às idosas. Quando surgiu a ideia de compilar os contos de determinada região, as pessoas começaram anotando os que foram relatados pelas mulheres velhas.

Qual o seu conto de fadas favorito?, quis saber minha amiga.

Qualquer um que tenha cisnes, respondi. Quando li "Os seis cisnes" pela primeira vez, lembro que eu queria ser aquele cuja camisa mágica a irmã não tem tempo de terminar, e então, quando ele se transforma de novo em ser humano, preserva uma asa.

Você queria ser a aberração.

Bem, eu não pensava dessa forma. Talvez apenas o diferente, eu disse. Aquele que consegue preservar parte de sua fase cisne. Aquilo me atraía.

Eis algo que me intriga, disse minha amiga. Dizem que as pessoas amam *thrillers* e histórias de terror porque é divertido fugir da vida comum e se perder em um mundo de violência e crimes horrendos. Certo?

Certo. Então por que os romances não estão cheios de sexo ruim com pessoas fedorentas?

Essa não é uma analogia lógica.

Ok, esqueça. Cérebro quimio! Continue lendo.

Quando estávamos juntas na sala de estar, ficávamos semideitadas lado a lado no sofá, com as pernas esticadas e os pés apoiados na mesinha de centro. Ela se aninhava a mim, às vezes deixando a cabeça repousar no meu ombro. Mais de uma vez, enquanto eu lia, ela pegava no sono. Eu parava de ler e permanecia quieta, alternadamente aliviada e atormentada pelo som de sua respiração. Isso me lembrava da vigília ao lado da cama do meu pai no hospital, quando a respiração dele se tornou tão difícil que era como se houvesse no quarto alguma máquina com defeito, e o choque dela cessando, *desse jeito*, como se a máquina tivesse sido desligada, e o silêncio que se seguiu, mais sonoro do que estivera a respiração dele, mais sonoro do que qualquer máquina, mais sonoro do que qualquer coisa que eu já escutara na vida.

Ou sentávamos juntas na mesma posição no banco de dois lugares na varanda dos fundos, de onde gostávamos de assistir ao pôr do sol. Às vezes, dávamos os braços ou as mãos. (*O toque é tão importante.*) Nesses momentos, eu sentia que ela era tanto um conforto para mim quanto eu deveria ser para ela. De vez em quando, ela apertava minha mão sem dizer nada — sem precisar dizer nada —, mas era como se tivesse apertado meu coração.

A hora de ouro, a hora mágica, *l'heure bleue*. Noites em que a beleza do céu em transformação nos deixava quietas e sonhadoras. A luz do sol caindo em um ângulo através do gramado, de modo a tocar nossos pés elevados e então subir por nossos corpos como uma bênção longa e lenta, e eu me via a um sopro de distância de acreditar que tudo era como deveria ser. Veja a lua. Conte as estrelas. *O tempo todo lá sem você: e sempre será, mundo sem fim* (Joyce). Infinitamente rico, infinitamente belo. Tudo ficará bem.

Certa vez, enquanto eu virava uma página, ela levantou a cabeça do meu ombro e me beijou. Eu ri, assustada, e a beijei de volta. E, porque ela nunca poderia perder a chance de fazer uma piada, choramingou uma imitação perfeita de Bette Davis como Baby Jane: Quer dizer que, esse tempo todo, poderíamos ter sido amantes?

Tenho sido tão egoísta, disse ela. Nunca pensei em você. Acho que não poderia me permitir. Mas, agora que estamos aqui, agora que tudo isto está acontecendo (*tudo isto*: o inexorável, o inexprimível), me sinto culpada.

Mas quero estar aqui, eu disse. E, ao dizer isso, percebi que era absolutamente verdade. Nada poderia ter me afastado.

Não foi isso que quis dizer, disse ela. É que me sinto culpada por abandoná-la.

Acontece. Acontece quando as pessoas se veem presas a alguma situação extrema, uma crise, uma emergência, sobretudo que envolva morte, ou a ameaça da morte, quando até mesmo estranhos podem se tornar intensamente próximos, em alguns casos até desenvolvendo um vínculo duradouro. Sobreviventes de desastres, ou quase desastres, postos juntos, mesmo que por um curto período, organizam reuniões anuais que perduram por anos após ter ocorrido a experiência que compartilharam. Há a história de duas pessoas que se viram pela primeira vez quando o elevador em que estavam ficou parado entre dois andares. Quando saíram, muitas horas depois, decidiram se casar. *E viveram felizes para sempre.* Bem, não foi bem assim. Romperam o noivado mais ou menos um ano depois, mas creio que não perderam a amizade.

Não pensei em você, disse minha amiga. Não esperava ter sentimentos por você, me preocupar com você.

E os sentimentos que eu estava tendo por ela — eu também não esperava por eles.

— • —

Uma das muitas esquisitices de nossa situação tinha a ver com as compras de mercado. O interesse da minha amiga por comida diminuiu tanto que ela não gostava mais de ir às compras. Os odores dentro do supermercado muitas vezes a enjoavam. Ela também não conseguia suportar o frio congelante da loja, e aquele espaço vasto — como a porra de um aeroporto, disse ela — a exauria no minuto em que entrava. (Quanto a mim, nunca fico em uma megaloja sem desejar estar calçando patins.) Então, eu geralmente ia sozinha. Mas era impossível calcular a quantidade de comida de que precisaríamos sem tocar na terrível questão *Por quanto tempo*. E, assim, eu percorria os corredores, tonta e arrastando os pés como uma mulher de cem anos.

Além disso, havia vergonha. Quase nada reduz meu apetite, e, durante esse tempo, por qualquer motivo (ou talvez por um motivo bastante óbvio), eu vivia com fome. Todas as refeições com minha amiga terminavam da mesma maneira: o prato dela quase intocado, o meu, limpo. E eu também comia entre as refeições. Mesmo sem subir na balança, sabia que estava ganhando peso e me envergonhava disso. Embora resistisse a me empanturrar de coisas como donuts e sorvete, me envergonhava de quanto sentia vontade de comê-los. Meu apetite insaciável era, para mim, um insulto à minha amiga moribunda. Não é de admirar que, embora nutritivas, em geral minhas refeições fossem seguidas de indigestão.

Certa tarde, enquanto eu estava no supermercado, minha amiga, que até em dias de calor escaldante sentia calafrios, decidiu tomar um banho quente. Nesse dia, em particular, a fadiga a afetava mais do que o normal. Ela se deitou para esperar que a banheira enchesse.

Patinei pelo quarto até a cama, onde ela estava sentada, abraçando os joelhos contra o peito, desorientada e tremendo, como uma pessoa à deriva em uma jangada após um naufrágio.

O QUE VOCÊ ESTÁ ENFRENTANDO | 141

Eu só queria fechar meus olhos por um minuto, disse ela. Os dentes batiam.

Subi na cama, sentando-me sobre meus pés molhados.

Duas pessoas à deriva.

Não era para ser assim, disse. Tudo que eu queria era paz. Eu queria morrer em paz, e agora isso se transformou neste pesadelo. Esta farsa. Esta farsa hedionda e humilhante.

Então começou a chorar tão convulsivamente que não conseguia mais pronunciar as palavras. Eu as escutei mesmo assim: Ela queria ser forte. Ela queria o controle. Ela queria morrer em seus próprios termos e com o mínimo possível de problemas para o mundo. Ela queria paz. Ela queria ordem.

Paz e ordem ao seu redor era tudo o que ela havia pedido.

Uma morte calma, limpa, graciosa e até — por que não? — bela.

Era o que tivera em mente.

Uma morte bela em uma linda casa em uma cidade pitoresca em uma noite agradável de verão.

Foi o fim que minha amiga escrevera para si mesma.

Não é sua culpa, eu disse. E é claro que também não era minha culpa. Então, por que eu não conseguia me livrar da sensação de que, em vez disso, era eu, e ninguém mais, a culpada?

Enquanto eu permanecia sentada tentando consolá-la, também tentava pensar no que deveria ser feito. Como explicaríamos isso aos nossos anfitriões? Porém, por mais odiosa que fosse essa obrigação, não podia ser adiada. Eles tinham de entrar em contato imediatamente com a seguradora.

Um casal está vendo TV na sala de estar quando, de repente, o teto se racha, liberando uma cascata de água vinda da banheira transbordante no andar superior. Conforme ambos se levantam de súbito, levando as mãos à cabeça em um gesto de consternação, a porta da casa se abre e uma turma de jovens atraentes, uniformizados e sorridentes, entra em marcha. Agora os proprietários estão enfeitiçados, imóveis como estátuas, e a equipe começa a trabalhar, limpando a bagunça e consertando tudo, deixando a casa como nova. Quando a porta se fecha atrás deles, o casal é libertado do feitiço, sem saber que algo esteve errado. *Como se nunca tivesse acontecido* é a promessa da empresa. Eu tinha visto o comercial de TV muitas vezes, e tinha visto seus caminhões com FOGO E ÁGUA, LIMPEZA E RESTAURAÇÃO pintado na lateral, e agora, um pouco perturbada, continuava vendo o comercial na minha cabeça, tirando esperança de sua mágica, de seu final de conto de fadas.

Enquanto isso, minha amiga divagava. Foi um erro ter vindo para cá, uma ideia idiota. Foi uma fantasia. Ela deveria saber que daria tudo errado. Era injusto, era injusto pra caralho.

Depois de uma pausa, ela me desviou dos meus pensamentos ao gritar: Eu nunca fui tão infeliz na vida! Eu me odeio!

Morrer em desespero. A frase surgiu para mim, e toda a água no quarto se transformou em gelo.

Isso não deve acontecer. Não se pode permitir que aconteça.

Minha amiga agora berrava. Ah, o que *é* isto, que porra *é* esta.

Era a vida, isso sim. A vida continua, apesar de tudo. A vida complicada. A vida injusta. A vida com a qual devemos lidar. Com a qual eu devo lidar. Pois, se eu não fizer isso, quem fará?

TERCEIRA PARTE

Tudo o que um escritor escreve poderia facilmente
ser diferente — mas não antes de ter sido escrito.
Assim como uma vida poderia ser diferente,
mas não antes de ter sido vivida.

Inger Christensen

O diário que eu planejava escrever — um registro dos últimos dias da minha amiga — nunca aconteceu. Comecei, mas parei quase imediatamente depois. Nem salvei as poucas páginas que havia produzido. Descobri, afinal, que não queria fazer um registro escrito. A razão parecia ser que não botava fé naquilo. Desde o início, parecia uma traição — não me refiro à privacidade da minha amiga, mas à própria experiência. Não importa quanto eu tentasse, a linguagem nunca seria boa o suficiente, a realidade do que estava acontecendo nunca seria expressa com precisão. Mesmo antes de começar, eu sabia que tudo o que conseguisse descrever acabaria estando, na melhor das hipóteses, em algum lugar à margem da coisa, enquanto a própria coisa passava por mim, como o gato que você nunca vê escapar ao abrir a porta da casa. Falamos levianamente sobre encontrar as palavras certas, porém, sobre as coisas mais importantes, nunca encontramos tais palavras. Anotamos as palavras como devem ser anotadas, uma após a outra, mas isso não é a vida, isso não é a morte, uma palavra após a outra, não, isso não é certo. Por mais que tentemos expressar com palavras as coisas mais importantes, é sempre como dançar na ponta dos pés usando tamancos.

Subentende-se: a linguagem acabaria falsificando tudo, como a linguagem sempre faz. Os escritores sabem muito bem disso, sabem melhor do que ninguém, e é por isso que os bons transpiram e sangram em suas frases, os melhores se despedaçam em suas frases, porque, se há alguma verdade a ser descoberta, eles acreditam que será encontrada ali. Esses escritores que acreditam que a maneira como escrevem é mais importante do que qualquer coisa sobre o que possam escrever — são os únicos que ainda quero ler, os únicos que podem me levantar. Não posso mais ler livros que...

Mas por que estou lhe dizendo tudo isso?

A linguagem falsificaria tudo. Por que, então, criar um documento inautêntico, para ser compreendido (*incompreendido*) por qualquer um que, mais tarde, o lerá — incluindo a mim mesma — como a verdade?

Outra coisa: escrever no diário não tinha o poder estabilizador ou consolador que eu esperava. Aquilo não me acalmava. Em vez disso, frustrava-me. Fazia me sentir uma idiota. Estúpida e desesperançosa. Aquilo me enchia de ansiedade: que escritora terrível eu havia me tornado.

E se todo esse tempo interpretamos mal a história da Torre de Babel?, meu ex, em certa ocasião, lançou essa pergunta em um ensaio. Eis que o povo é um, e todos possuem um só idioma. Deus disse: Isso não vai funcionar. Sendo um, o povo pode realmente ter sucesso na construção da cidade e da torre em direção ao céu, com as quais os homens esperavam deixar sua marca. Sem dúvida, o Onisciente sabia que, com um idioma comum, *nada seria impossível para eles*. A maneira de parar essa abominação era substituir o idioma único por muitos. E assim foi feito.

Mas e se Deus de fato tivesse ido ainda mais longe? E se não fosse apenas a diferentes tribos, mas a cada ser humano em particular, ao qual uma linguagem própria tivesse sido dada, única como impressões digitais? E se, segundo passo, para tornar a vida dos humanos ainda mais difícil e confusa, Ele tivesse obscurecido a percepção de cada um a esse respeito? Então, para podermos compreender que há muitos povos falando muitos idiomas diferentes, somos enganados a pensar que todos, em nossa própria tribo, falam a mesma língua que nós.

Isso explicaria muito do sofrimento humano, de acordo com meu ex, o qual estava sendo menos jocoso do que se poderia imaginar. Ele realmente acreditava que era assim: cada um de nós se expressa, mas nosso significado é claro para nós e para mais ninguém.

Até mesmo pessoas apaixonadas?, perguntei, sorrindo, provocativa, de maneira esperançosa. Isso foi no início de nosso relacionamento. Ele apenas sorriu de volta. Mas, anos depois, no amargo desfecho, veio a amarga resposta: *Pessoas apaixonadas sobretudo.*

— • —

Certa vez, ouvi um jornalista dizer que, ao escrever um texto, sabe que sua linguagem não está clara no momento em que se pega limpando repetidamente a tela do computador.

O que remete ao ideal de prosa de Orwell, tão limpo e transparente quanto uma vidraça.

Olhe pela janela, pede o professor na escola. O que você vê?

Quando olhei pela janela, o monstro ainda estava lá.

— • —

Não me arrependi, até agora, de não ter escrito o diário, embora ache que, um dia, possa me arrepender. Em contrapartida, eu me peguei pensando no documentário *Não é um filme caseiro*, no qual a diretora belga Chantal Akerman registrou as conversas que teve com a mãe durante os últimos dias de vida dela. Todos nós deveríamos ser grandes cineastas.

Entendo que hoje exista isso de as pessoas gravarem vídeos e cuidarem para que sejam entregues postumamente a uma ou mais pessoas que conheceram em vida. Em alguns casos, o vídeo destina-se a ser exibido no velório do falecido. Não tenho certeza do porquê, mas acho difícil imaginá-lo sendo realizado de qualquer maneira que não pareça cafona.

O podcast mencionado por minha amiga — aquele do qual participara a pedido de uma assistente social do hospital respondendo a perguntas sobre como era ser doente terminal e de que depois se arrependeu — não é, como suspeitei, tão ruim quanto ela fez parecer. Eu, pelo menos, não diria, assim como minha amiga o fez, que tenha "saído dos trilhos", embora me tenha feito estremecer algumas vezes. *Do que sentirei mais falta? Não sentirei falta de nada, estarei morta. Não terei sentimentos.* Risadinha fraca.

Ela parece irritada. Ela *está* irritada. (*Quantas vezes já foi dito a meu respeito que não tolero gente burra.*)

Uma surpresa: ao ser questionada se havia pensado em tirar a própria vida, sem hesitar ela responde que não, quando, na verdade, sabemos que tal pensamento a acompanhou desde o dia do diagnóstico.

Arrependimentos?

Nenhum por não ter passado mais tempo com a filha, nenhum por não ter conseguido fazer as pazes com ela, mas, sim, por não ter tido outro filho (uma declaração que, obviamente, pode ser lida de duas maneiras).

Como ela detesta a expressão *bucket list*. Assim como prefere *fatal* a *terminal*. Ela não só não acredita em vida após a morte, como também fica pasma com o fato de tantas pessoas acreditarem em uma.

Foi provavelmente do tom usado que ela se arrependeu. Não queria parecer zangada ou amarga. Emocionar-se com a própria morte era *indecoroso* (o uso dessa palavra no podcast foi um momento estremecedor). Até o fim, ela se agarrou a uma imagem de equilíbrio estoico.

Tendo começado a ouvir o podcast, fiquei envolvida e sigo escutando os outros episódios da série. Não é surpresa que as mulheres sejam maioria entre os participantes (assim como entre as assistentes sociais). As mulheres não estão sempre mais dispostas que os homens a falar sobre seus sentimentos? Por que elas não estariam mais dispostas a falar sobre estar doentes e sobre o que enfrentam ao encarar a morte? Além disso, a maioria dos entrevistados é de idosos, e todos sabem quão lacônicos os homens idosos tendem a ser — especialmente se, em algum momento, participaram de uma guerra. Além disso, parece-me que, quando solicitadas a fazer algo por outra pessoa, as mulheres, mesmo que não estejam muito entusiasmadas, são mais propensas do que os homens a ajudar. (Parece haver algumas controvérsias em relação aos estudos, os quais não são poucos, que envolvem pedir a moribundos que deem entrevistas ou preencham pesquisas ou questionários, e coisas do tipo. É ético ocupar o tempo daqueles a quem resta tão pouco?, indagam alguns.)

O que eu depreendo, ao ouvir o podcast, é uma extraordinária unanimidade. Independentemente de haver aceitação, há medo. Medo da dor. Medo do escuro. Mesmo aqueles que vão "com doçura" não parecem totalmente certos a respeito da parte "acolhedora". (Parece que a única pessoa com quem o poeta não pôde compartilhar seu poema foi exatamente aquela que o inspirou e a quem ele se dirige, e a razão para isso é que o pai de Dylan Thomas não fora informado de que ele estava morrendo.) Bem mais ansiedade do que zen, ouvi. Cada um dos entrevistados viu alguém morrer antes dele. As *bucket lists* e os inventários de últimos desejos são modestos. Mais um Natal. Mais uma primavera. ("Espero passar umas últimas férias com meus netos", "estar presente na formatura do meu filho na faculdade de Direito", "terminar a reforma da casa".) Vários se veem naturalmente pensando no passado. ("O rosto da mãe voltando à mente." "Não sinto mais aquela raiva que senti todos esses anos em relação ao meu divórcio.") Tristeza e preocupação com aqueles deixados para trás, para os quais se prevê que a morte da pessoa será mais difícil do que para a finada. ("Se ao menos meus filhos não fossem tão jovens." "Não tenho certeza se meu marido sabe onde fica a cozinha, ele vai morrer de fome." E os gatos?)

Ausência de autopiedade, com exceção da mãe com filhos pequenos. Ela fez tudo "certo", tal mulher nos garante.

Nunca machucou ninguém, obedeceu a todas as regras. *Era uma boa pessoa.* Por que ela por que ela por que ela.

Ausência de humor, com exceção do homem de cinquenta anos de voz bastante rouca obcecado por seu epitáfio. Já ouviu vários muito bons, diz ele, seu favorito sendo "Vejo vocês em breve". Posso usar um que já foi usado?, pergunta. Ou seria plágio?

Como se ele pudesse ser processado por isso.

O homem que plagiou seu epitáfio e outros poemas. Minha amiga teria adorado o título.

Bucket list vem de *chutar o balde*, é claro.* Mas de onde vem *chutar o balde* ninguém parece saber.

O que um balde tem a ver com qualquer coisa? E por que *chutá-lo*? E deve-se supor que haja algo *dentro* do balde? (Minha amiga.)

Sempre achei que tivesse a ver com um cavalo moribundo. Ele chutou o balde ao desmoronar. Mas não encontro nenhuma fonte para isso.

Alguma relação com a superstição russa de que ver alguém carregando um balde vazio é mau agouro?

Com exceção de minha amiga e de outra mulher, que responde simplesmente que não sabe, todos dizem acreditar que reencontrarão seus entes queridos. Noto, não pela primeira vez, que ninguém parece ter medo de ir para o inferno. O inferno são os outros, se você concorda com Sartre. Evidentemente, para a maioria, é *para* os outros, nunca para si próprios. E nunca para aqueles os quais você está ansioso para reencontrar. Da mesma maneira que a extinção da vida na Terra como resultado de uma guerra nuclear ou mudança climática, um pós-vida que inclui a possibilidade de medo e dor infinitos parece ser um horror demasiado vasto para ser assimilável.

---

* A expressão *"bucket list"* [lista do balde] deriva de *"to kick the bucket"*, cuja tradução literal é "chutar o balde", embora em inglês corresponda mais ao nosso "bater as botas". Por isso, *"bucket list"* carrega o sentido de "lista de coisas para fazer antes de morrer". Aqui optamos por manter a tradução literal, pois dela partem as associações e jogos de palavras da autora, e adaptar as descaracterizaria. [N. T.]

Paradise, Califórnia, paraíso perdido. Depois que o Camp Fire devastou a cidade, um editorialista escreveu: "Que a imaginação humana tenha vislumbrado o lugar da condenação eterna como um inferno e que a insensatez humana tenha criado um futuro de ondas de calor cada vez piores e incêndios florestais pode parecer, no mínimo, como dois infernos sobrepostos".

Eu me pego desejando — não sem culpa — que o podcast fosse mais interessante. Entediada com o jeito de falar sobre si mesmas, e sentindo-me péssima por isso (embora qualquer terapeuta honesto diga quantas vezes tem de lutar para ficar acordado enquanto os pacientes desabafam), não posso deixar de suspeitar que, em vez de expressarem o que realmente pensam ou sentem, essas pessoas estão dizendo o que acham que os outros querem ouvir. Ou seja, o que é aceitável, apropriado — *tornar-se*.

Morrer é um papel que desempenhamos como qualquer outro na vida: esse é um pensamento perturbador. Você nunca é o seu verdadeiro eu, exceto quando está sozinho — mas quem quer ficar sozinho quando está morrendo?

Contudo, é demais querer que alguém, em algum lugar, diga algo original sobre isso?

Pouco depois do diagnóstico, minha amiga frequentou algumas poucas sessões de terapia em grupo. Ainda que as sessões tenham ocorrido na clínica oncológica, o grupo era exclusivamente formado por pacientes, sem nenhum terapeuta profissional ou outra pessoa treinada para conduzi-los. Ela não ficou surpresa, disse minha amiga, quando todos acabaram relatando as mesmas coisas. Afinal, a doença é uma experiência comum. Por que as pessoas não reagiriam a ela de maneira semelhante?

Havia uma mulher, disse minha amiga, que se juntou ao grupo na mesma época que ela. Tinha uns sessenta anos, nascera na Bulgária e, embora morasse nos Estados Unidos desde o ensino médio, falava inglês com sotaque. Ela e o marido — filho de búlgaros, mas nascido nos Estados Unidos — estavam casados havia quarenta anos. Agora aposentado, o marido trabalhara a vida toda como inspetor de construção civil. Ela era auxiliar de odontologia. Três filhos, todos já crescidos. Tudo começou como um casamento amoroso, relatou a mulher ao grupo. Falou sobre as doces lembranças dos primeiros anos: o casamento, o nascimento dos filhos, a intervalos curtos — todos saudáveis e bonitos —, concedidos como desejos: um dois três. Mas marido e mulher deixaram de se amar havia muito tempo, disse ela, e, na maior parte do casamento, não se deram bem. Na verdade, confessou a mulher, o lar era um campo de batalha tão grande que seus filhos ficaram felizes quando alcançaram idade suficiente para se mudar. Depois disso, o casal brigou menos, mas cada qual levando a vida de maneira cada vez mais independente, disse ela. Dormiam em quartos separados, nem sempre se sentavam para comer juntos. Dias inteiros se passavam sem que trocassem uma palavra sequer. Ainda assim, haviam feito os votos: na alegria e na tristeza. Ademais, eram católicos. Não haveria divórcio.

Demorou um pouco, disse a mulher ao grupo, para saberem da gravidade da doença. No início, ninguém disse nada sobre câncer. Seus sintomas provavelmente eram causados por uma úlcera, aventaram, ou um refluxo gastroesofágico, talvez até mesmo uma simples distensão muscular. A verdade veio em partes, com um exame após o outro trazendo uma notícia cada vez mais sombria que a anterior. (Acenos graves de cabeça de todos do grupo: esse era o caminho trilhado por tantos.) A primeira reação do marido foi, sobretudo, de irritação, lembrou a mulher. Sua esposa sempre foi hipocondríaca, disse ele ao médico (não totalmente sem razão, a mulher estava disposta a admitir). Ele próprio sofria de refluxo gastroesofágico, e daí? Dores e sofrimentos — eles não eram mais jovenzinhos, nenhum deles. Mas, quando um diagnóstico concreto de câncer foi confirmado, contou a mulher ao grupo, seu marido mudou.

A princípio, prosseguiu, ela pensou que poderia ser coisa da sua imaginação. Seus filhos insistiam que era assim mesmo — e não era de surpreender, disseram, dado o que ela estava enfrentando. O choque. O medo. Sem mencionar os conhecidos distúrbios do cérebro de quimio. Mas não era coisa da sua imaginação, disse ela. Nem choque, nem medo, nem cérebro de quimio. Uma vez que o diagnóstico de câncer de pâncreas metastático lhes fora informado, disse ela, seu marido se iluminou.

De repente, ele passou a mostrar-se sempre de bom humor perto dela, disse. Ah, não que ele gostasse de vê-la sofrer, disse a mulher. Ele não era um monstro. Não era o melhor dos maridos, não, mas sempre fora um homem decente. Ele só não conseguia esconder seus sentimentos. Não dela. No hospital, disse ela, eu olhava para as outras pessoas que visitavam pacientes na mesma enfermaria. Olhava para o rosto delas, olhava para o rosto de meus filhos e de meus outros familiares e amigos, e via a mesma tristeza e medo. Mas nunca um olhar assim vindo dele. E nunca lágrimas. Certa vez, quando ele pensou que eu estivesse dormindo, na verdade eu o observava secretamente, contou ao grupo. Ele estava sentado em uma cadeira perto da janela, as pernas cruzadas, balançando o pé. Olhava pela janela com o rosto voltado para o céu, e a expressão em seu rosto era a de um homem contente, um homem bastante satisfeito com o modo como as coisas estavam. Então esticou as pernas e recostou-se com as mãos cruzadas sob a nuca, disse. Passou a examinar o teto. Depois de alguns momentos, conforme descreveu a mulher, ele deu um suspiro profundo e abriu um sorriso.

Segundo minha amiga, a mulher disse ao grupo que pretendia pedir ao marido para ficar longe, não queria mais que viesse ao hospital. Queria lhe dizer que ele não a enganava, ela o conhecia melhor do que ninguém — como se, depois de quarenta anos, não soubesse o que ele estava sentindo. Como se eu não pudesse lê-lo como um livro, disse ela. Como se eu não pudesse ouvir seu coração cantarolando "Liberdade".

Mas ela não conseguiu, disse. Não teve coragem de confrontá-lo, minha amiga me contou que a mulher relatara aos outros do grupo. A verdade era que ela se sentia mal por ele.

Eu tinha tanta vergonha dele, disse, que tive pena. Embora eu o odiasse por nem ao menos tentar esconder seus sentimentos, pensei que talvez a verdade fosse que ele não era capaz disso. Pensei ser possível que ele não soubesse disso sobre si mesmo, que estivesse em negação de seus sentimentos (o que teria sido bem típico dele, disse ela), e ele ficaria ofendido se eu...

E aqui ela fez uma pausa, precisando de um momento para se recompor.

Pensando em nossa convivência, recomeçou a mulher, que sofrimento nosso casamento havia se tornado, que pouca felicidade tínhamos para recordar, tive que admitir que entendia. Talvez, se seus papéis estivessem trocados, ela tivesse sentido o mesmo que ele, disse. Talvez muitas pessoas presas a casamentos ruins tenham sentido alívio no momento em que o outro morreu. Talvez não pudessem deixar de se sentir assim — e talvez não pudessem esconder seus sentimentos. E, por mais terrível que fosse tudo aquilo, a mulher se perguntava: Isso era um crime? Ao refletir sobre isso, disse, o que eu estava afirmando? Que meu marido deveria ter sido um ator melhor? Um mentiroso melhor?

Ela precisava dele, continuou a mulher. Estava doente, permaneceu tantos dias deitada, indefesa. Não queria ser um fardo para os filhos, disse, cada um dos quais com empregos e famílias, imersos em suas próprias lutas. Precisava de alguém para cuidar dela, e seu marido cuidou dela, embora Deus saiba que nem sempre foi fácil, e ele o fez sem reclamar.

E, como já falei, contou a mulher ao grupo, agora ele está sempre de bom humor. Sempre alegre, feliz demais por estar fazendo isso e aquilo por mim, às vezes cantarolando baixinho ou assobiando. E o tempo todo ele não tem ideia do que estou enfrentando e de que sei a verdade. Ele não tem ideia, repetiu a mulher, de que eu sei. Eu sei.

Segundo minha amiga, a mulher contou sua história de uma maneira estranhamente empolada e monótona, mantendo os olhos baixos, como se lesse um roteiro invisível, fazendo teste para um papel que nunca tivera esperança de conseguir. Mas ela recebia a atenção completa de todos, disse minha amiga. Era possível ouvir um alfinete cair, e, claro, cada um de nós estava horrorizado com o que ouvia. Quando a mulher terminou, outros começaram a falar. Nem todo mundo, disse minha amiga. Houve alguns, como eu, que não comentaram nada (confesso que não tinha a menor ideia do que dizer àquela pobre mulher), mas os que se puseram a falar estavam de acordo: a mulher estava enganada. Sem dúvida, os filhos — que, afinal, conheciam o próprio pai — estavam certos, e a mulher, que na opinião do grupo devia estar completamente errada, deveria ouvi-los. Havia outra explicação para o comportamento do marido, uma explicação perfeitamente óbvia: aquela era apenas sua maneira de lidar com a situação, avaliaram. E isso não acontece o tempo todo? Não é isso que as pessoas fazem: exibir uma expressão alegre, tentando agir normalmente, agir com alegria, esconder as lágrimas — e por quê? Porque pensam que isso facilita as coisas para o paciente e o ajuda a manter o ânimo, eis a razão. E era isso que seu marido estava fazendo, as pessoas do grupo explicaram a ela. Não há nada de sinistro nisso. E ela mesma não havia dito quão bem ele vinha cuidando dela, que estava sempre lá ao seu lado, que não podia fazer o suficiente por ela, e se isso não fosse uma prova sólida de seu amor...

A mulher não discutiu com as pessoas, relatou minha amiga. Na realidade, não respondeu aos comentários, a não ser por algum eventual aceno de cabeça, os olhos sempre baixos, um meio-sorriso torto fixo no rosto. *Ela sabia.*

Agora, aqui estava essa mulher que tinha acabado de fazer a coisa difícil, minha amiga me disse. Ela tinha olhado para a verdade e não havia estremecido. Tinha dito o indizível. Citado nomes. E aqui estavam todas essas pessoas a manipulá-la. Elas não estavam sendo honestas — nem com ela, nem consigo mesmas. Por não poderem aceitar a verdade, tiveram que enterrá-la sob um monte de conversa fiada.

E não foi a primeira vez que algo assim aconteceu naquela sala, disse minha amiga. Sempre o mesmo conselho fútil, os mesmos clichês sobre o poder do pensamento positivo e sobre milagres acontecerem e sobre não desistir e não deixar o câncer vencer. E tudo o que isso fez foi lembrá-la de como é difícil para as pessoas aceitar a realidade, disse minha amiga. Nossa necessidade avassaladora de enfiar a cabeça dentro da terra ou de sentimentalizar tudo, disse ela.

Tudo isso *me* lembrou de quão irritada minha amiga ficava quando outras pessoas insistiam que, embora sua filha nunca tenha demonstrado amor, ela precisava estar lá. (*Todos os filhos amam suas mães:* todos sabem disso.)

A terapia em grupo fez com que ela se sentisse o oposto de apoiada, disse minha amiga. Isso a fez sentir-se uma estranha. Depois da reunião em que aquela mulher contou sua história, minha amiga concluiu que já vira o bastante. Nunca mais voltou.

E, mais tarde, quando soube que a mulher havia morrido, senti toda aquela raiva crescendo mais uma vez, disse ela. Parecia terrivelmente errada a maneira como os seus sentimentos haviam sido negados, como nenhum de nós tinha pensado em uma única coisa a lhe dizer que proporcionasse ajuda ou um conforto real. Morta de vergonha foi como minha amiga descreveu o que sentia sempre que pensava naquela mulher. E fiquei me perguntando, disse ela, se chegou um momento, antes do fim, em que alguém realmente *enxergou* essa mulher. Enxergou-*a*.

Essa é a história mais triste que já ouvi.

Sobre essa mulher, eu mesma me pergunto: chegou um momento antes do fim em que ela mudou de ideia e, afinal, confrontou o marido?

— • —

Qual você acha que é o sentido da sua vida?

"A família."

"O amor."

"Fazer a coisa certa."

"Ser uma boa pessoa."

"Manter-se positivo e seguir seu sonho."

O sentido da vida é que ela termina. Claro que só um escritor poderia ter respondido isso. Claro que esse escritor só poderia ter sido Kafka.

Mas com as suas *próprias* palavras, diz a assistente social.

Essas são as minhas palavras. Em concordância com Kafka.

Mas a questão é qual é o sentido da *sua* vida.

Que ela termina, responde minha amiga. Exatamente como Kafka disse. (Risadinha fraca.)

— • —

Minha esposa e eu já vivemos bastante, disse-me o dono da casa. E, acredite em mim, conhecemos a tragédia. Um de nossos filhos morreu de meningite ainda bem pequeno. Na nossa idade, vimos muitos de nossos amigos e parentes morrerem, e nós dois já enfrentamos algumas doenças graves. Uma casa inundada não é a pior coisa que pode acontecer no mundo. Se for a pior coisa que acontecer este ano, considero-me com sorte. Esse é o risco que você corre ao alugar sua casa, e, claro, é por isso que temos seguro. E é uma bênção não ter sido o banheiro de cima, nesse caso o dano teria sido muito maior.

Falávamos ao telefone. Antes de desligar, algo me levou a perguntar-lhe sobre o quadro na sala de estar. (Cuidando de nós — Sei!, disse minha amiga, mostrando-lhe o dedo enquanto desocupávamos a casa.) Ele me contou que o compraram em um leilão de bens. Ficamos bastante impressionados com ele, comentou. A princípio, pensamos ter sido um erro... a maneira como dominava a sala. Então acabou sendo um ótimo tema para conversas. Minha esposa, porém... não, ela nunca foi assim, disse o homem. E riu um pouco.

É você?, perguntou-me o inspetor de danos causados pela inundação assim que viu o retrato.

‖

Se eu tivesse um diário, poderia dizer exatamente quando paramos de nos falar. Naquela altura, estávamos acomodadas no apartamento da minha amiga. Depois da casa, o apartamento parecia pequeno, mas, novamente, tinha meu próprio quarto. Desfiz as malas e me acomodei — de novo sem saber *por quanto tempo* — e retomei a mesma rotina. Fazia as compras de mercado e todas as outras coisas que precisavam ser feitas. A faxineira que ia toda semana fora dispensada quando minha amiga deixou o apartamento pelo que ela pensava ser para sempre, e então esse trabalho também sobrou para mim. Eu me dediquei tanto a ele até o momento em que ela me implorou para parar. O barulho do aspirador de pó, o odor de desinfetante — esses e outros estímulos tão comuns haviam se tornado intoleráveis para ela. Sua pele estava agora tão sensível que até seda poderia machucá-la, deixando-a em carne viva.

Mas, quando descobriu a janela de seu quarto suja de cocô de pombo, exigiu que eu a lavasse imediatamente. Feito isso, decidimos que eu deveria lavar todas as janelas, por mais que o cheiro de amônia a repugnasse.

Estava feliz por estar em casa, disse minha amiga. Agarrou-se à ideia de que ter saído de lá havia sido um erro, uma rendição ao pensamento avariado, pelo qual ela fora punida.

Agora que estava de volta, nunca mais sairia do apartamento. Mesmo quando se sentia bem o suficiente, não queria sair — nem mesmo para ir até o parque do outro lado da rua, o qual havia muito tempo era seu lugar favorito e agora, no meio do verão, se tornara um refúgio de sombra verde-escura. Ela começara a ter problemas de equilíbrio e morria de medo de cair. E havia outra coisa: tendo alcançado o estágio seguinte — o final — de sua jornada, voltou-se a si mesma.

Ao retornar de alguma incumbência, às vezes eu ficava alguns minutos no parque antes de entrar no apartamento. Normalmente, assim que me sentava em um dos bancos, eu chorava.

Jesus, você sabe, não era para ser assim. Mesmo que agora me pareça ter sido inevitável. Mas nem sempre o amor é assim: predestinado, não importa quão inesperado, não importa quão improvável.

Coincidência: no novo livro que estou lendo, há alguém comparando a experiência de ver uma pessoa morrer com a intensidade de se apaixonar. E, você sabe, eu não ficaria surpresa em saber que, em algum outro idioma, exista uma palavra para isso — como a palavra para aquele tipo específico de amor que, na língua falada pelo povo Bodo, é chamada *onsra*.

Quero saber como será quando tudo isto (*tudo isto*: o inexorável, o inexprimível) se tornar uma memória distante. Sempre odiei o modo como as experiências mais poderosas, muitas vezes, acabam parecendo sonhos. Eu me refiro àquela mancha do surreal que tanto macula nossa visão do passado. Por que tantas coisas que aconteceram parecem não ter acontecido de verdade? *A vida é apenas um sonho.* Pense: poderia haver uma noção *mais cruel?*

Memória. Precisamos de outra palavra para descrever a maneira como vemos os eventos passados que ainda estão vivos em nós, pensou Graham Greene.

De acordo.

De acordo também com Kafka. E, ao mesmo tempo, com Camus: O sentido literal da vida é tudo aquilo que você faz que o impeça de se matar. Tudo o que não me mata me fortalece. Morrendo, Christopher Hitchens indagou a si mesmo como esse fragmento de Nietzsche poderia tê-lo atingido de maneira tão profunda. Claramente não era verdade para sua própria experiência — e tampouco o fora para Nietzsche. Foi o fato de ter câncer que causou esse repensar, disse Hitchens. Como eu não poderia agora também me lembrar da velha pichação "Deus está morto, assinado Nietzsche; Nietzsche está morto, assinado Deus". Mais tarde, os antiateístas não resistiram em substituir "Nietzsche" por "Hitchens".

Óbitos recentes. I. M. Pei. Agnès Varda. Ricky Jay. Bibi Andersson. Doris Day.

Embora não nessa ordem (mas gostei da rima).

Já ouvi falar de pessoas que confessam ler obituários regularmente na esperança de ver o nome de alguém que conhecem. Ler obituários também é considerado uma fonte de conforto para muitas pessoas solitárias. Presumivelmente, não é sobre as mortes que essas pessoas gostam de ler, mas sobre a vida bastante resumida que os falecidos supostamente viveram. Mas essas mesmas pessoas também são leitoras ávidas de biografias? Provavelmente não. *Escreva seu próprio obituário*: um exercício frequentemente recomendado por *life coaches* e conselheiros de desenvolvimento humano e o qual nunca teve o mínimo apelo para mim.

É da morte que o contador de histórias deriva sua autoridade, escreveu Walter Benjamin de maneira autoritária. E: o "sentido da vida" é o centro em torno do qual se movimenta o romance.

Bart Starr. Carol Channing. W. S. Merwin. Michel Legrand.

Que, coincidentemente, escreveu a trilha sonora de *Os guarda-chuvas do amor*.

A maioria dessas pessoas teve vida longa, quase todas tendo sobrevivido bem além da média de vida humana de setenta e nove anos. Minha amiga, que não era mais jovem, era jovem o suficiente para ter sido filha deles.

John Paul Stevens. Toni Morrison. Paul Taylor. Hal Prince. Chaser, "a cadela mais inteligente do mundo". Sarah, "a chimpanzé mais inteligente do mundo".

A Grumpy Cat!

O último de sua espécie. No primeiro dia do ano de 2019, em um criadouro universitário no Havaí, um caramujo de catorze anos chamado George morreu. E, com isso, sua espécie inteira foi extinta.

— • —

Não quis dizer que paramos de falar abruptamente. Não foi assim. Mesmo antes do incidente que nos obrigou a desocupar a casa, paramos de ter o tipo de conversa que, às vezes, deixava minha amiga tossindo ou sem fôlego. Não é que não tivéssemos mais nada a dizer uma à outra, mas, sim, que nossa necessidade de falar continuava diminuindo. Um olhar, um gesto ou um toque — às vezes, nem isso —, e tudo era compreendido.

Quanto mais longe avançava em sua jornada, menos queria ser distraída.

Não queria mais que eu lesse para ela, posto que havia recuperado a capacidade de ler sozinha. Enquanto estivemos fora, um pacote chegou: as provas de um livro; o autor era alguém que ela conhecia, um ex-aluno, pedindo um elogio para a quarta capa.

Uma última boa ação, disse minha amiga. Por que não?

Seria o último livro que leria. (Eu gostaria de dizer, para impressionar, que tal elogio foi a última coisa que ela escreveu, mas, embora isso seja perfeitamente possível, não posso assegurar se está correto.)

Não me deixe esquecer nossa última boa risada juntas.

Acomodamos nossas coisas no carro e deixamos a casa. Havíamos dirigido alguns quilômetros em silêncio quando ela deixou escapar, com uma voz baixa e pesarosa: Você trabalha, você planeja.

Será que ouvi direito? Essas palavras eram um trecho de um diálogo de um dos filmes que vimos juntas, uma velha comédia maluca em que um playboy cortejava uma herdeira, planejando enriquecer primeiro se casando e, mais tarde, acabando com ela. *Droga, droga, droga*, o canalha chora de exasperação quando tudo dá errado. *Você trabalha, você planeja, nada nunca sai do jeito que deveria!* Essa cena nos fez gargalhar, e agora, apesar do fato de ela estar obviamente chateada, suas palavras me pareceram tão ultrajantes, dadas as circunstâncias, que tudo que pude fazer foi rir. Assustada no início, ela se juntou a mim.

Depois que nos acalmamos e dirigimos mais alguns quilômetros, eu disse que esperava que, desta vez, ela não tivesse esquecido os comprimidos. O que nos fez gargalhar novamente. *Lucy e Ethel praticam eutanásia.* Eu me sacudia tanto de rir que o carro saiu um pouco da estrada.

Não, ela não queria visitantes. Já havia se despedido, disse.

Não, ela não queria entrar em contato com a filha pela última vez.

Estou reconciliada com o fato de não termos nos reconciliado, disse.

Uma vez, sentada no parque do outro lado da rua, examinei a fachada do prédio. Quais eram as janelas dela? Contei os andares — e lá estava ela! Em frente a uma janela do sexto andar — a janela de seu quarto —, olhando para fora. De lá, teria uma boa visão do parque. Mas será que me viu? Pelo que pude perceber, ela não estava olhando para a rua, mas para longe. Pensei em acenar, mas era tarde: ela havia sumido. (Mesmo assim, como frequentemente acontece, a imaginação se tornaria memória: eu me lembraria repetidamente da visão de minha amiga acenando para mim daquela janela do quarto.) Foi esse vislumbre dela, porém, que me fez pensar em outra mulher, alguém com quem convivera brevemente muitos anos antes.

Eu estava na fase entre a faculdade e a pós-graduação, uma época em que pagava as contas me dividindo entre vários empregos de meio período, e essa mulher me contratou para fazer algumas pesquisas para um livro que escrevia. Ela também morava em um apartamento com vista para um parque: um apartamento muito mais grandioso, um parque bem maior. Central Park. Era uns vinte anos mais velha que eu, e o livro em questão era a biografia de uma mulher pertencente a uma família norte-americana antiga e abastada que encontrara fama como modelo e atriz na década de 1960, mas cujos distúrbios psicológicos levaram-na à pobreza autodestrutiva e à morte prematura.

Além do livro, que aparentemente lhe causava problemas enormes, a mulher buscava outros projetos. Ela me fez ligar para vários agentes literários a fim de solicitar cópias de manuscritos de escritores que eles representavam. (Não me lembro exatamente do que se tratava, provavelmente estava procurando algo para desenvolver como um filme.) Todos os agentes demonstravam saber quem ela era, mas não pareciam levá-la a sério, e alguns me disseram que eram pessoas ocupadas que não gostavam de ser incomodadas dessa maneira. Quando contei que um deles havia dito algo extremamente insultuoso — do tipo "Vocês, meninas, deveriam brincar de outras coisas" —, em vez de ficar extremamente ofendida, achou graça.

Certa vez, ela me entregou uma lista de nomes e números de telefone de pessoas para as quais queria que eu ligasse a fim de convidar para uma festa. Quase todos os nomes da lista eram reconhecíveis para mim; vários seriam reconhecíveis por qualquer pessoa.

Não gostei do trabalho, porque nunca me pareceu efetivamente real; muitas vezes, *parecia* apenas um jogo. Não tinha muita fé de que essa mulher, algum dia, terminaria o livro que estava escrevendo. Além disso, pagava pouco.

Uma manhã ela ligou em casa e me pediu para ir, naquele mesmo dia, a certa biblioteca de arquivos e solicitar determinado livro. Queria que eu fizesse uma leitura em diagonal no livro, um texto datilografado encadernado e antigo que não podia ser retirado, e selecionasse detalhes específicos sobre a vida das pessoas das quais descendia a mulher sobre a qual ela estava escrevendo. Orientou-me a ligar antes e pedir que o separassem para mim. Mas não liguei — eu duvidava que isso fosse realmente necessário — e fiquei surpresa quando tive de esperar mais de uma hora para que o trouxessem. Quando ela viu meu recibo para aquele dia de trabalho, questionou o valor. Quando expliquei sobre a espera, ela me lembrou de que me orientara a ligar antes; se eu tivesse feito isso, não teria havido espera, disse ela. Nós discutimos. No final, concordou em me pagar pela hora extra e ficaria feliz em deixar isso para trás. Mas eu não queria trabalhar para ela depois do que houve e nunca mais trabalhei.

Tudo isso ocorreu há mais de quarenta anos. Em todo esse tempo, pensei nela poucas vezes, embora soubesse que ela terminou o livro e que ele foi lançado. De vez em quando, ouço algo sobre uma de suas festas glamorosas. Mas, como alguém que não lê obituários regularmente, perdi o dela quando foi publicado e só recentemente soube que, havia alguns anos, ela se jogara da cobertura para a qual tinha se mudado um tempo depois que a vi pela última vez.

Nenhuma das fotos publicadas com os obituários mostrava como ela era na hora da morte: velha — cerca de duas vezes a idade de quando nos conhecemos — e deprimida. A maioria combinava com a imagem na minha cabeça: cabelo escuro e cacheado, sorriso cheio de dentes em um rosto magro e ossudo. Tinha uma voz divertida que soava sempre excitada e uma tendência a elogiar: todo mundo era adorável. Tudo era divino. As sapatilhas prateadas (ou talvez douradas) que ela usava pela casa. A caligrafia irregular, como a de um bêbado ou de uma criança. O medo exagerado de ficar doente. (Você está resfriada? Não chego perto nem dos meus filhos quando eles estão resfriados.) O tremor ao me contar sobre uma amiga próxima que descobriu ter um tumor maligno no pescoço. E era apenas um caroço pequeno, lamentou ela. Apalpando cuidadosamente o próprio pescoço, alongado e magro. A anfitriã atenciosa. Em nosso primeiro encontro, quando estava me entrevistando para o trabalho, uma empregada entrou na sala carregando uma bandeja: vinho branco, biscoitos salgados e patê, o patê servido em um pequeno vaso de cerâmica. A convidada *gauche*: depois que um biscoito segurado com muita força quebrou entre meus dedos, fiquei constrangida demais para tocar em qualquer outra coisa.

A partir dos obituários e textos *in memoriam*, aprendi várias coisas sobre ela que não sabia e me lembrei de outras que já sabia, mas das quais havia esquecido completamente. Era lembrado com frequência que, quando ainda estava na escola, ela tivera um caso com o já velho William Faulkner.

Um momento de lembrança, então, enquanto eu estava sentada no parque, olhando para as janelas da minha amiga. Aquelas vidraças que tinham acabado de ser esfregadas para ficar tão limpas quanto o ideal de prosa de Orwell.

Ao meu lado: minhas sacolas de compras, ovos e pão e salmão e couve e sorvete, os quais ela nunca comerá. Que comerei sem parar até ficar tão satisfeita que não aguentarei mais. Ainda assim, comerei mais.

Surge um homem com uma vassoura e uma pá de lixo de cabo longo. Eu o conheço. É um voluntário do bairro que mantém o parque livre de lixo, bem-aventurado ele.

E bem-aventurada a mulher que vem todos os dias alimentar os esquilos e os pássaros.

Bem-aventurados os esquilos e os pássaros.

Mas agora aquele casal à minha frente. Acabaram de se sentar, um jovem casal, e estão discutindo. Não consigo ouvi-los bem por causa das borbulhas e dos respingos da fonte, mas acredito que estejam falando francês. Sentaram-se na borda da fonte. São jovens e bonitos — mesmo com raiva, são bonitos, assim como os jovens são. Não sei o que estão dizendo, mas dá para perceber — sempre dá para perceber — que estão brigando.

Ah, por favor, não briguem, jovens. Deixem que este seja um local de paz. Também briguei com alguém esta manhã, eu poderia dizer a eles. Eu poderia interromper o casal agora mesmo, como uma louca, o tipo de louca que se encontra no parque. Entrar no meio da briga deles, começar a lhes contar tudo sobre minha própria briga, a briga que tive com meu ex esta manhã ao telefone. Porque eu lhe disse que estava com medo de não conseguir fazer isso, que não achava que pudesse mentir. Estávamos repassando tudo, mais uma vez. Se você estiver presente no momento da morte, ponderou ele, é certo que será questionada. Eu sei, eu sei, eu disse, porque é claro que eu sabia — quantas vezes tínhamos repassado isso? Mas eu podia imaginar como, naquele exato momento, seria difícil para mim mentir. Ou, pelo menos, mentir de forma convincente.

Foi tudo que eu disse.

Então ele explodiu. Isso é tão típico de você, disse ele. Também pela enésima vez. Ele disse: Você é impossível.

Isso é tão típico de você. Tudo o que o incomodava, tudo o que dava errado entre nós, era sempre *tão típico de mim.*

Era tão típico de mim não o ter feito feliz. Tão típico de mim tê-lo afastado. Tê-lo forçado a buscar conforto nos braços de outra pessoa — típico de mim pra caralho.

Ele realmente disse.

Gritou, na verdade.

Imagine o jovem casal trocando olhares perplexos. Por que ela está nos contando tudo isso?

Ou por que não os imaginar sendo gentis? Esquecendo a própria briga, deixando de lado os próprios problemas para ouvir. *Quel est ton tourment?*

Uma *folie à deux* foi como meu ex descreveu o que estava acontecendo entre mim e minha amiga.

Ele lavou as mãos em relação a nós.

Mulher louca. Fale sobre o seu maior medo. Mulher louca idosa com suas sacolas em um banco do parque. Abençoando coisas, amaldiçoando coisas. Esse tipo de história sobre uma mulher. Um destino do qual minha própria mãe escapou por pouco. Eu deveria me levantar e ir embora. O sorvete está derretendo. O peixe vai estragar. Mas minha cabeça está leve. Tenho medo de me levantar e ficar tonta. O pânico ataca. O que está acontecendo aqui?

O homem com a vassoura e a pá de lixo, a alimentadora de esquilos e pássaros, ambos seguiram em frente. O casal francês (que bom: devem ter feito as pazes, o braço dele a envolve, a cabeça dela apoiada no peito dele) está seguindo em frente.

O que está acontecendo? Meu coração palpita de medo. Logo isto vai acabar, este conto de fadas. Este momento mais triste, que também foi um dos mais felizes da minha vida, vai passar. E ficarei sozinha.

Bem-aventurados os que choram.

O que seduz o leitor no romance é a esperança de aquecer sua vida gelada com a morte descrita no livro, disse Benjamin.

Eu tentei. Escrevi uma palavra após a outra. Sabendo que cada palavra poderia ter sido diferente. Assim como a vida da minha amiga, como qualquer outra vida, poderia ter sido diferente.

Eu tentei.

Amor e honra e piedade e orgulho e compaixão e sacrifício...

Que importância tem se falhei.

Agradecimentos

Agradecimentos especiais a Joy Harris e Sarah McGrath. Também sou profundamente grata à Ucross Foundation, ao Djerassi Resident Artists Program, ao James Merrill House Writer-in-Residence Program e ao MacDowell Colony pelo generoso apoio que me ofereceram.

Créditos

Citação na p. 5: Simone Weil, "Reflections on the Right Use of School Studies with a View to the Love of God". In: *Waiting for God*, trad. Emma Craufurd. Nova York: Harper-Collins, 2009.

Citação na p. 95: Jules Renard, *The Journal of Jules Renard*, trad. e ed. Louise Bogan e Elizabeth Roget. Portland, Ore. / Brooklyn, N.Y.: Tin House Books, 2008.

Citação na p. 145: Inger Christensen, *The Condition of Secrecy*, trad. Susanna Nied. Nova York: New Directions, 2018.

Sobre a autora

Sigrid Nunez nasceu em 1951, em Nova York, onde mora até hoje. É filha de uma alemã e de um panamenho de origem chinesa. Graduou-se em 1972 no Barnard College e obteve o mestrado na Universidade Columbia (1975). Lecionou em prestigiosas instituições de ensino, como Amherst College, Universidade Columbia, New School, Universidade de Princeton e Smith College.

Em 1989, recebeu o prêmio da Fundação General Electric Foundation para jovens escritores e, em 1993, o Whiting Writers' Award. Também foi laureada com dois prêmios da American Academy of Arts and Letters: o da Rosenthal Foundation (1999) e o Rome Prize in Literature (2000-2001). Ganhou o Berlin Prize, uma bolsa de estudos concedida pela American Academy em Berlim, em 2005. É membro da American Academy of Arts and Sciences.

Entre os jornais e as revistas para os quais escreveu, estão *The New York Times, The Wall Street Journal, The Paris Review, The Threepenny Review, Harper's, McSweeney's, Tin House* e *The Believer*.

Seu primeiro romance, *A Feather on the Breath of God* [Uma pena no sopro de Deus] (1995), foi considerado "uma estreia notável" pela revista literária e cultural *The Atlantic*.

Parcialmente autobiográfico, conta a história da filha de um casal de imigrantes que mora em Nova York.

Naked Sleeper [A adormecida nua] (1996), seu segundo romance, tem como personagem principal Nona, uma mulher de meia-idade que, infeliz no casamento e na vida, procura uma saída para ambos. Sobre ele, o *Chicago Tribune* afirmou: "É difícil escrever sobre personagens que se preocupam com amor e destino sem parecer — ou fazê-los parecer — tolos. Mas Nunez foi bem-sucedida".

O livro seguinte foi *Mitz: The Marmoset of Bloomsbury* [Mitz: a sagui de Bloomsbury] (1998), a biografia fictícia da sagui de estimação de Leonard e Virginia Woolf. Já *For Rouenna* [Para Rouenna] (2001) é sobre uma enfermeira do Exército americano que serviu no Vietnã, enquanto o livro que veio em seguida, *The Last of Her Kind* [A última da sua espécie] (2006), retrata a vida de duas mulheres que viveram "a agitação cultural dos anos 1960". O romance tem alta carga dramática e aborda temas como justiça, questões raciais na América e idealismo político.

Seu sexto romance, *Salvation City* [Cidade da Salvação] (2010), é sobre uma pandemia global de gripe. O protagonista é um adolescente que testemunha a doença assolar os Estados Unidos. O *New York Times* considerou a narrativa "gratificante, provocadora e bastante plausível".

Em 2011, Sigrid Nunez publicou o livro de memórias *Sempre Susan: A Memoir of Susan Sontag*. A *New York Review of Books* o chamou de "inovador e comovente". O *Los Angeles Times* afirmou que era uma obra "cuidadosa, repleta de detalhes cativantes, além de uma vigorosa defesa da mentora" de Nunez, a também escritora Susan Sontag.

E seu sétimo romance, *O amigo*, publicado originalmente em 2018 e lançado pela Instante em 2019, venceu o National Book Award na categoria Ficção. Em 2020, lançou *O que você está enfrentando*. Até o momento, suas obras já foram traduzidas para mais de vinte e cinco idiomas.

© 2021 Editora Instante

What are you going through, by Sigrid Nunez.
© 2020, by Sigrid Nunez.
Publicado sob acordo com a autora. Todos os direitos reservados.

Direção Editorial: **Silvio Testa**

Coordenação Editorial: **Fabiana Medina**
Revisão: **Fábio Fujita** e **Laila Guilherme**
Capa e Ilustrações: **Talita Hoffmann**
Diagramação: **Estúdio Dito e Feito**

1ª Edição: 2021

Dados Internacionais de Catalogação na Publicação (CIP)
(Angélica Ilacqua CRB-8/7057)

Nunez, Sigrid
    O que você está enfrentando / Sigrid Nunez ;
tradução de Carla Fortino. — 1ª ed. — São Paulo :
Editora Instante, 2021.

    ISBN 978-65-87342-22-1
    Título original: What are you going through

    1. Ficção norte-americana I. Título II. Fortino, Carla

                        CDD 813.6
21-3683   CDU 82-3(73)

Índices para catálogo sistemático:
1. Ficção norte-americana

Texto fixado conforme o Acordo Ortográfico da
Língua Portuguesa de 1990, em vigor no Brasil a partir de 2009.

www.editorainstante.com.br
facebook.com/editorainstante
instagram.com/editorainstante

O que você está enfrentando é uma publicação da Editora Instante.

Este livro foi composto com as fontes Arnhem e Lane e
impresso sobre papel Pólen Soft 80g/m² em Edições Loyola.